El sabor de la pasión
Helen Bianchin

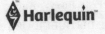

Editado por HARLEQUIN IBÉRICA, S.A.
Núñez de Balboa, 56
28001 Madrid

© 2011 Helen Bianchin. Todos los derechos reservados.
EL SABOR DE LA PASIÓN, N.º 2096 - 17.8.11
Título original: Alessandro's Prize
Publicada originalmente por Mills & Boon®, Ltd., Londres.

I.S.B.N.: 978-84-9000-415-9
Depósito legal: B-23625-2011
Editor responsable: Luis Pugni
Preimpresión y fotomecánica: M.T. Color & Diseño, S.L.
C/ Colquide, 6 portal 2 - 3º H. 28230 Las Rozas (Madrid)
Impresión en Black print CPI (Barcelona)
Fecha impresion para Argentina: 13.2.12
Distribuidor exclusivo para España: LOGISTA
Distribuidor para México: CODIPLYRSA
Distribuidores para Argentina: interior, BERTRAN, S.A.C. Vélez
Sársfield, 1950. Cap. Fed./ Buenos Aires y Gran Buenos Aires,
VACCARO SÁNCHEZ y Cía, S.A.
Distribuidor para Chile: DISTRIBUIDORA ALFA, S.A.

Capítulo 1

ALESSANDRO de Marco aparcó el deportivo en la plaza reservada para los huéspedes junto a la magnífica villa construida a orillas del lago Como. Propiedad del difunto Giuseppe dalla Silvestri, en ese momento la villa la ocupaba su viuda, la elegante Sophia, cuyos esfuerzos en las galas benéficas a favor de los niños eran legendarios.

Había sido Giuseppe quien lo había acogido siendo un adolescente rebelde, abandonado a las calles de Milán por unos padres ineficaces e inapropiados, y que por astucia había logrado evadir el sistema y defenderse entre otros de su clase.

Giuseppe se había ganado la confianza renuente de aquel adolescente, canalizando su agudo conocimiento de la electrónica de asuntos turbios a tratos legales, al tiempo que garantizaba que completara su educación para luego contratarlo y refinar sus habilidades en los negocios. Después, una vez que había estado preparado, lo había respaldado económicamente para montar su propia empresa electrónica.

Un consorcio conocido como Industrias de Marco. Un imperio exitoso que le permitía a Alessandro tener una villa lujosa en las colinas que daban al lago Como, un piso en Milán, casas en varias capitales importantes del mundo, un jet privado y una pequeña flota de coches caros.

Luego estaban las mujeres hermosas y cautivadoras que buscaban su compañía, su cama... a cambio del rango social asociado con el hombre en el que se había convertido.

Ninguna tenía éxito en extender lo que era una relación temporal que duraba simples semanas o meses, como mucho, a pesar de los esfuerzos y ardides empleados para captar su atención.

¿Se había hastiado? Quizá. Nunca aburrido, pero sí un poco cansado del género femenino que tanto se esforzaba en complacerlo, desempeñando un papel que imaginaban que él buscaba.

Su juventud lo había endurecido, creando una cautela nacida de la necesidad de la fealdad de tener que sobrevivir en las calles.

De luchar y ganar a toda costa y por cualquier medio.

Había sido Giuseppe quien le había regalado con paciencia su perspicacia y tiempo en los negocios, mientras Sophia le enseñaba las artes sociales, guiándolo y reprendiéndolo con sincero afecto.

Esas personas que habían elegido protegerlo habían desterrado las dudas que pudiera tener de poder formar parte de una sociedad elevada.

«Eres un joven entre hombres, igual a ellos en todos los aspectos relevantes», le había indicado Giuseppe. «Nunca olvides de dónde vienes... luego evalúa el éxito que has alcanzado gracias a tus esfuerzos».

A pesar de que siempre lo negaran, estaba en deuda con ellos. Giuseppe se había convertido en el padre que jamás había conocido. Y Sophia... bueno, por ella haría cualquier cosa que le pidiera.

Como la cena de esa noche con unos pocos huéspedes para darle la bienvenida a su sobrina y ahijada, Lily Parisi, procedente de Sídney, Australia.

Una mujer joven a la que había conocido siendo adolescente en una visita que le hizo a Sophia y a Giuseppe en compañía de sus padres.

Una chica de expresión solemne con ojos castaños chocolate y cabello oscuro confinado en una única trenza. Quien incluso a tan joven edad era deliciosamente inconsciente de la cualidad cautivadora de su sonrisa o de su entusiasmo por la vida.

Había cambiado, por supuesto. Había visto pruebas fotográficas de dichos cambios, tenía la esencia de parte de su correspondencia a lo largo de los años siguientes. Se había enterado de la muerte accidental de sus padres, del éxito obtenido al tomar las riendas del restaurante familiar de los Parisi, de su compromiso sentimental... sólo para llegar a ser el receptor de la confidencia de su angustia al enterarse de la noticia de que el inminente matrimonio había sido cancelado apenas unas semanas antes de la fecha en que debería haberse celebrado.

Sophia, una mujer llena de empatía y simpatía, le había hecho llegar a Lily una invitación para que fuera a visitarla por tiempo indefinido... ofrecimiento que Lily había aceptado con gratitud.

Sophia insistía en que la familia tenía prioridad en la vida, quizá de forma más que comprensible cuando Giuseppe y ella no habían podido tener hijos propios.

Bajó del coche, cerró el vehículo y se tomó tiempo para aspirar el aire vivificante de finales de febrero. Una época del año que oscilaba de forma impredecible entre el invierno y la suave y elusiva insinuación de la primavera.

El cielo nocturno pendía con la amenaza de lluvia. Se subió el cuello del abrigo al dirigirse a la hermosamente iluminada entrada frontal con sus puertas dobles de madera tallada.

Puertas que se abrieron a los segundos de haber llamado al timbre, revelando a Carlo, factótum de Sophia, y cuyos rasgos mostraron una alegría sincera.

–Alessandro. Es un placer verte.

–*Grazie*, Carlo.

Los dos hombres altos rondaban los treinta y muchos y, hasta cierto punto, compartían una historia y un pasado en común. Lo suficiente como para justificar un apretón de manos breve pero sincero.

–¿Sophia?

–Feliz de tener aquí a su ahijada.

Esas palabras transmitían mucho, ya que ambos hombres compartían un vínculo silencioso para proteger a la única mujer que había estado allí para ellos. En su código, nadie podía tocarle siquiera un pelo de la cabeza sin sufrir las consecuencias.

Giuseppe había sido un hombre de negocios triunfador, cuya villa era testigo discreto de su riqueza. Unos hermosos suelos de mármol decoraban un recibidor amplio amueblado con exquisitez, de cuyo techo colgaba una araña de cristal, cuyos prismas de luz centelleante proporcionaban un entorno espectacular para la escalera doble que se curvaba hacia la primera planta.

Un lugar que Alessandro había tenido el privilegio de llamar hogar durante los pocos años que había necesitado para concluir sus estudios y, luego, durante los descansos en la universidad. El refugio que, gracias a Giuseppe y Sophia, le había brindado la oportunidad de hacer algo con su vida.

–Alessandro.

Se volvió al oír la voz de Sophia y fue a saludarla, apoyando las manos en sus hombros mientras le daba unos besos fugaces en ambas mejillas antes de soltarla.

–¿Estás bien? –preguntó con gentileza.

—Por supuesto, *caro*. Es agradable que te unas a nosotros.

—¿Imaginabas que no lo haría? —enarcó una ceja divertido.

Ambos sonrieron.

—No —enlazó el brazo por el de él—. Ven a reunirte con los invitados.

Caras familiares y selectas, seis personas en total a las que saludó al tiempo que Sophia lo conducía hacia una mujer joven, esbelta y pequeña, con cabello negro recogido en un moño de estilo clásico, ojos castaños profundos y una piel dorada como la miel.

Atractiva, más que clásicamente hermosa, con una cualidad que la separaba de las demás mujeres. Proyectaba una fortaleza serena, una sensación de autoconservación que reconocía y admiraba.

—Lily —la observó pensativo unos segundos antes de tomarle la mano y captar la percepción en su rostro al inclinarse y darle un beso en las mejillas; también percibió una tensión momentánea antes de que se recobrara con celeridad.

—Alessandro —sonrió con cortesía mientras él le soltaba la mano.

A pesar de ser la ahijada de Sophia y *familia*, algo en ella resonó en su interior e hizo que sintiera la inclinación de descubrir la causa. Lo intrigaba el hormigueo de la química sexual con la tentación de probar esa boca generosa.

—¿Disfrutas de tu estancia con Sophia? —más que una pregunta educada, lo sorprendió descubrir que realmente estaba interesado en la respuesta.

—Mi tía es muy amable.

—Es bien conocida la generosidad de Sophia. Tu visita le proporcionará un gran júbilo.

Ella esbozó una sonrisa leve y a él lo fascinó descubrir ese hoyuelo en una mejilla.

—Por favor, no te sientas obligado a darme conversación cortés —comentó con suavidad.

—¿Es lo que crees que hago? —la miró fijamente.

—¿No lo es? —alzó un poco el mentón.

—No.

—Me pregunto por qué me resulta difícil creerte.

La observó con una ceja enarcada.

—¿Por falta de seguridad en tu encanto personal?

Ésa sería la excusa perfecta, salvo que Lily, como era conocida afectuosamente, se negaba a permitirse semejante salida.

Hacía tres días que había llegado a Milán, ciudad donde sus difuntos padres se habían criado, habían estudiado y se habían casado antes de emigrar a Australia con una hija de seis meses para empezar una vida nueva en Sídney.

Con una infancia idílica y una buena educación, había sobresalido en cada área de su vida, hasta alcanzar la cualificación como chef y convertirse en socia en el restaurante de sus padres. Pero al fallecer éstos tres años atrás en un accidente de tráfico, de repente había quedado a cargo del restaurante y de una herencia envidiable, lo que había podido afrontar con éxito gracias a la ayuda de unos pocos amigos incondicionales.

Un año antes se había enamorado, aceptado el anillo de James y comenzado a planificar el gran día. Sólo para regresar a casa temprano justo dos semanas antes de la boda y sorprender a James en la cama con una rubia con la que, después de presionarlo un poco, había reconocido haber estado manteniendo una aventura de meses.

De inmediato lo echó de casa y le envió la ropa en maletas y el anillo por mensajero; luego llamó a Sophia, la hermana de su difunta madre, para comunicarle que la boda se cancelaba. Entonces había recibido la invitación de ir a visitarla y sólo había necesitado un par de semanas para dejar a un empleado de confianza a cargo del restaurante, alquilar la casa familiar, guardar su coche en un garaje y tomar un vuelo rumbo a Milán, desde donde fue conducida a la hermosa villa que Sophia tenía en el lago Como.

Un refugio maravilloso que ofrecía tranquilidad y la maravillosa atención de una tía profundamente cariñosa.

Después de llevar tres días allí, Sophia había organizado una cena para unos pocos amigos íntimos, a algunos de los cuales recordaba de una visita anterior con sus padres.

Incluido Alessandro de Marco.

Habían pasado años desde la última vez que lo viera en persona... años que los habían modelado a ambos. Porque ella ya no era una adolescente vulnerable, deslumbrada por el alto joven de pelo oscuro y cuyos ojos, casi negros, exhibían una mezcla de manifiesta sensualidad e implacabilidad primaria nacida de sobrevivir en las calles durante gran parte de su juventud.

Bajo ese manto de sofisticación, había algo inquebrantable, casi primitivo, sólo perceptible para unos pocos.

Siendo un joven en la veintena, la había fascinado, avivando su imaginación al fantasear cómo sería que esa boca le enseñara a besar. Y más.

Esperó que Alessandro jamás se hubiera dado cuenta.

Desde entonces, mucha agua había corrido bajo el puente.

−¿Tienes algún plan inmediato?

Con rapidez recondujo sus pensamientos al tiempo que miraba los ojos oscuros de él.

–¿Aparte de disfrutar de la hospitalidad de Sophia?

–Sí –esbozó una sonrisa llena de humor.

–Me gustaría alquilar un apartamento pequeño y quedarme una temporada –repuso tras reflexionarlo unos momentos–. Hasta pensar en trabajar en un restaurante.

La estudió pensativo.

–¿Hablas en serio sobre eso?

–Sí –había traído su portafolios justo con ese pensamiento en la cabeza. Unos meses, incluso un año, le aportarían una perspectiva nueva.

Cambio.

Se había cerciorado de que sus bienes y activos estuvieran bien protegidos en Australia. ¿Quién sabía lo que podía deparar la vida?

No un matrimonio.

Había desterrado volver a confiar en un hombre.

Alessandro señaló su copa vacía.

–¿Qué estás bebiendo?

Lily movió la cabeza.

–Esperaré y tomaré vino blanco en la cena.

–¿Respeto por el alcohol o el deseo de mantener el control?

Ella le ofreció una sonrisa practicada y vio que los ojos de Alessandro se oscurecían más.

–Ambas cosas.

Él se preguntó qué haría falta para que relajara la guardia y riera un poco con sincera diversión. Y analizó por qué parecía tan importante que lo hiciera.

Sophia quería ayudar a curar el corazón roto de Lily. Sólo por ese motivo, haría lo que aquélla considerara necesario para garantizar que la estancia de Lily en Milán fuera lo más placentera posible.

La cena consistió de unos platos impecablemente presentados y acompañados de un vino adecuado. La distribución de la mesa ayudó a sentarla frente a él, garantizando de esa manera que cada vez que alzaba la vista lo tuviera en línea recta con su visión.

Era una distracción que no necesitaba y durante el primer plato le pareció que él se estaba divirtiendo... como si supiera que su proximidad la alteraba.

Lo cual así era, ya que había algo en Alessandro que tenía el efecto de potenciar sus sentidos y despertar una percepción que no deseaba.

—La próxima semana acompañarás a Sophia.

Lily dedicó su atención a la mujer sentada al lado de Alessandro.

—Gracias —logró responder con sonrisa cortés—. Será un placer —aunque para sus adentros se preguntó qué acababa de aceptar.

—La semana de la moda —reveló Alessandro como si pudiera ver por dónde iban los pensamientos de Lily—. Sophia ha conseguido unos asientos excelentes.

No le costó nada mostrar un placer auténtico, ya que adoraba la moda.

—Qué amable.

Era un acontecimiento de gran prestigio al que asistían los mejores diseñadores del mundo.

—Tengo entendido que tienes tu propio restaurante.

Se preguntó si era una pregunta amable para mantener la conversación o simple cortesía. Posiblemente ambas cosas.

—En un principio fue de mis padres y de niña pasé tiempo en la cocina, ayudando y aprendiendo, y así fue como supe desde temprana edad que quería ser chef.

Años maravillosos, cuando el conocimiento de la comida, las hierbas y las especias danzaba en su lengua y podía recitar los ingredientes de casi todas las especialidades de la casa. Cuánto le había gustado experimentar y leer recetarios se había convertido en un placer.

–¿Estudiaste en el extranjero?

–En un principio en París, luego en Roma.

Un momento en que la vida había ayudado a conformar a la mujer joven en que se había convertido. Una conocedora de la comida con la destreza de prepararla a la perfección. Y que además hablaba con fluidez tanto el francés como el italiano, ya que durante sus estudios se había alojado con familias de ambos países.

–Sin embargo, regresaste a Australia –apuntó un invitado.

Lily centró su atención en el presente.

–Mi familia estaba allí –repuso con sencillez–. Los amigos. Era donde quería estar.

Y Parisi, el exquisito restaurante de estilo italiano que sus padres, con tanto esfuerzo, habían logrado que disfrutara del éxito que tanto merecía.

Le causaba orgullo mantener el estándar elevado de calidad y el servicio excelente al tiempo que garantizaba una atmósfera relajada y alegre, donde los clientes habituales eran recibidos por su nombre y siempre que era posible se les ofrecía su mesa preferida.

Había imaginado que su vida estaba trazada... un negocio brillante en un campo por el que sentía auténtica devoción; un hombre que había creído que la amaba; una boda que planificar.

Sólo que James había demostrado ser infiel, no merecedor de confianza y en absoluto el hombre que había considerado que era.

A veces aún temblaba al pensar que había estado a punto de comprometerse con un matrimonio cuyo único futuro habría sido un corazón roto y el desastre.

Era afortunada de haberse librado de eso, pero todavía le dolía pensar que su confianza había sido traicionada. Y casi toda su ira iba dirigida contra sí misma por haber sido incapaz de reconocer al verdadero James detrás de la fachada falsa.

–Y ahora estás aquí –concluyó una ligera voz femenina–. A Sophia le encantará que te unas a ella en sus excursiones de compras y te aseguro que disfrutarás de la historia que es Milán.

–Estoy impaciente por empezar a disfrutarlo –ofreció una sonrisa a todos los invitados que tenía enfrente y experimentó un leve sobresalto al encontrar la mirada firme de Alessandro.

Ser tan consciente de él era perturbador, ya que hacía que se sintiera incómoda, casi vulnerable, por lo que se obligó a desterrarlo de su mente mientras charlaba con los demás.

Después de la debacle con James, anhelaba paz en su vida, y un hombre del calibre de Alessandro de Marco era la antítesis de la calma.

Pero lo más probable era que cualquier invitación que le extendiera a Sophia, la incluyera a ella, y así pudo descubrirlo al final de la velada.

Alessandro fue el último invitado en marcharse.

–*Grazie*, Sophia –musitó mientras se inclinaba y le besaba con ligereza las mejillas antes de volverse y dedicarle a Lily un saludo similar.

Salvo que en un afán de buscar más formalidad, ella se movió una fracción y para su absoluto bochorno los labios se tocaron... fugazmente, pero lo suficiente como para desbocarle el pulso.

Peor aún, experimentó el deseo de no separarse, de sentir más...

Dio un rápido paso atrás, calculó mal el ángulo de

los tacones enormes que llevaba y se agarró al brazo de él en un esfuerzo por retener el equilibrio.

–Lo siento –se preguntó si había dicho esas palabras en voz alta y esperó que no.

–Querida –dijo Sophia con preocupación en la voz–. ¿Te encuentras bien?

–Estoy bien –mintió.

No quería las sensaciones que palpitaban en su interior ni reaccionar emocionalmente con ningún hombre.

Y menos con Alessandro de Marco.

Si ni siquiera le caía bien.

«Te equivocas», le dijo una voz interior con tono divertido. «Te da miedo cómo te puede hacer sentir».

Sólo una tonta se adentraría en ese camino.

«No va a suceder», se aseguró con convicción.

Capítulo 2

EL DÍA EN que Sophia tenía entradas para la Semana de la Moda amaneció frío, con una lluvia ligera, y Lily eligió ponerse unas mallas negras, unas botas altas de piel suave y del mismo color, un elegante vestido negro hasta medio muslo, con una bufanda de un rojo profundo en busca de contraste y de calor adicional.

–Llévate una maleta pequeña con ropa de noche –le había aconsejado Sophia–, ya que asistiremos a una de las fiestas que se celebran después. Alessandro nos ha insistido en que nos quedáramos a pasar la noche en su piso con el fin de ir de compras mañana.

Durante un instante, Lily osciló entre el placer y una leve aprensión.

La expedición de compras sería deliciosa, pero albergaba reservas acerca de alojarse en el piso de Alessandro.

Reservas que desterró, ya que Sophia estaría con ella y el único momento en que se encontrarían con su anfitrión sería durante el desayuno, si es que lo hacían, ya que inevitablemente él se marcharía temprano al trabajo.

La maleta pequeña la llenó con un elegante vestido de noche negro, zapatos negros de marca de tacón alto y un bolso negro de fiesta. Junto con un pijama y artículos de belleza.

Bajo las manos diestras de Carlo, el Mercedes grande

se dirigió hacia el sur y pasado un tiempo entró en la antigua ciudad de Milán, donde, como siempre, imperaba un tráfico intenso en el que daba la impresión de que cada conductor peleaba por encontrar un sitio.

–Ah, ya casi hemos llegado –comentó Sophia a medida que el coche aminoraba antes de girar hacia una entrada adornada con una alfombra que llevaba hacia la ubicación elegida.

Lily no sabía qué esperar, pero la visión de los paparazis arracimados en torno a cada coche que llegaba con el fin de determinar la identidad de sus ocupantes, sumado al destello incesante de los flashes de las cámaras, hizo que fuera algo increíble y desmesurado.

–Sus maletas las estarán esperando en el apartamento de Alessandro –comunicó Carlo mientras Sophia y Lily bajaban del coche.

–*Grazie*, Carlo –dijo la mujer mayor–. Te llamaré para comunicarte cuándo volveremos.

El glamour, los diseñadores mundialmente famosos, las modelos... decir que el día sería una experiencia para recordar siempre no le haría justicia.

Y ese enorme despliegue y exhibición realizados con una precisión milimétricas.

Fue un privilegio estar allí y en un impulso se lo agradeció a su tía con un fugaz beso en la mejilla.

–¿Disfrutas del día, *cara*?

–Mucho.

Entonces la música cambió y su atención volvió a la pasarela, donde un afamado diseñador realizó un desfile asombroso que provocó murmullos de admiración.

En el último pase, cuando las modelos desaparecieron entre bambalinas, notó un hormigueo de percepción en la nuca, y miró a Sophia a tiempo de ver a Alessandro ocupar una silla junto a su tía.

Hubo un instante en que captó su sonrisa, logró asentir en gesto de reconocimiento y trató de desterrar su poderosa imagen sin mucho éxito.

Despertaba pensamientos en ella que no quería tener con ningún hombre... y menos con él.

«Sigue con el programa, por el amor del cielo», se ordenó mentalmente y volvió a centrarse en la pasarela.

Tacones altos como rascacielos, suelas de plataforma, botas... hasta el tobillo, media pantorrilla y la mitad del muslo. Fascinante, cautivador... fuera de ese mundo. Y prácticamente imposible de llevar en la vida cotidiana.

–Sugiero que nos marchemos pronto –indicó Alessandro–. Cenaremos y luego regresaremos a mi apartamento a tiempo para asistir a la fiesta que se dará en el hotel.

–Una idea excelente –convino Sophia.

Lily tuvo que ocultar su sorpresa y sus nervios, pero la velada que le esperaba en compañía de él no la ayudaría a lograrlo.

Sin embargo, ¿qué otra elección tenía?

Alessandro eligió un restaurante elegante a rebosar de encanto estilo *belle époque* cuyo menú ofrecía unos platos de excelente calidad.

Eligió un único plato de exquisita pasta y para el postre se decantó por una ligera ensalada de frutas.

El rincón íntimo que les habían ofrecido garantizó que fuera consciente de los aromas sutiles de la colonia exclusiva que se había puesto él, de la masculinidad que destilaba sin esfuerzo alguno, de la electricidad sensual manifiesta y de una sexualidad potenciada que era intensamente varonil.

Se preguntó cómo podía sentir eso... cuando apenas unas semanas atrás había estado planificando su boda con otro hombre.

No tenía sentido. Ni parecía concebible que el enamoramiento que había tenido por Alessandro siendo adolescente perdurara en su subconsciente durante años con el fin de reaparecer con perturbadora claridad al encontrarse otra vez con él.

«Supéralo», se ordenó para sus adentros.

–¿Un día ajetreado, *caro*? –inquirió Sophia.

Lily vio que una sonrisa cálida aparecía en la boca generosa de Alessandro.

–Tuviste éxito en adquirir la villa –afirmó Sophia antes de beber un poco de vino y volver a dejar la copa sobre la mesa–. Es preciosa, pero se encuentra en un estado lamentable de abandono.

–Pero su estructura es sólida –expuso Alessandro–. Tengo un equipo de experimentados artesanos a la espera de empezar a trabajar en ella en cuanto se aprueben los planos.

–Una inversión valiosa –concluyó Sophia.

–Un interés y un desafío –aportó Lily.

–Muy parecido a una mujer –sus ojos oscuros capturaron los de ella.

–Realiza el trabajo necesario para alcanzar tu objetivo –hizo una pausa breve–. Luego continúa hacia el desafío siguiente.

–Es algo inevitable con los ladrillos y el cemento –confirmó él–. Pero no siempre con una mujer.

–Sin embargo, no te has casado –de pronto tuvo la impresión de estar metiéndose en aguas peligrosas.

–¿Te preocupa mi bienestar sentimental?

Momentáneamente, su mente se llenó de imágenes eróticas antes de lograr desterrarlas.

–De tu descendencia –repuso con ecuanimidad–. Y de la generación futura de Industrias de Marco –le pareció captar un destello malicioso en esos ojos negros.

Sophia asintió.

—Es algo que le recuerdo algunas veces.

No supo por qué la idea de que Alessandro se casara la atribuló ni tampoco por qué imaginarlo con otra mujer e hijos... le dolió.

Carecía de sentido.

—¿Pedimos café? —inquirió él, recibiendo una sonrisa irónica de Sophia.

—Siempre esquivas el tema.

—Y siempre te prometo que tú serás la primera que sabrá cuando encuentre a la mujer adecuada —indicó con gentileza.

El cielo era de un índigo oscuro cuando un rato más tarde salieron del restaurante. Hacía fresco.

Su piso se hallaba situado en la Plaza San Ambrogio. En realidad se trataba de un dúplex de un gran lujo, con suelos de mármol, elegantes alfombras orientales y hermoso mobiliario de palo de rosa en las diversas salas y el salón. Arriba había cuatro dormitorios para invitados con todas las comodidades y el dormitorio principal.

No era la imagen que Lily tenía de un piso de soltero. Había esperado algo menos... refinado. Pero imperaba una elegancia serena, a juego con el mismo edificio con su exterior de estuco y los ornamentados marcos de las ventanas iluminados por las farolas de la calle.

No cabía duda de que se trataba de una restauración muy equilibrada de un edificio antiguo con un interior que abarcara todas las amenidades modernas.

Era maravilloso. Y Lily lo alabó con sinceridad.

—*Grazie* —aceptó Alessandro—. Me agrada que te guste. ¿Será suficiente una hora para ducharos y cambiaros de ropa?

—De sobra —aseguró Sophia—. ¿Lily?

–Desde luego.

Sólo tardó diez minutos en sacar las prendas de la maleta pequeña, desnudarse y entrar en el decadente cuarto de baño de mármol que había en el mismo dormitorio. Después de echar un vistazo al equipamiento de lujo, se metió en la ducha.

No había necesidad de apresurarse, por lo que se tomó su tiempo hasta secarse y envolverse el cabello con una toalla antes de ponerse ropa interior limpia y maquillarse suavemente, sólo resaltando un poco los ojos y aplicándose un ligero colorete broncíneo en las mejillas, seguido de un lápiz de labios brillante y delicado.

El clásico vestido negro con zapatos negros de tacón de aguja era una elección segura.

Decidió recogerse el cabello en un moño elegante antes de añadir pequeños toques de perfume a todas las partes donde se podía tomar el pulso. Luego se puso unos pendientes de diamantes y rubíes y una pulsera a juego.

Se pasó por los hombros un abrigo rojo, recogió el bolso de noche y se unió a Sophia en lo alto de las escaleras.

–Estás preciosa, *cara* –alabó la mujer mayor.

Lily sonrió al pasar el brazo por el de su tía.

–Tú también –Sophia exhibía una elegancia atemporal en lo que eligiera ponerse.

Bajaron los escalones.

Alessandro estaba concluyendo una llamada cuando llegaron al recibidor; se guardó el teléfono móvil en el bolsillo y fue a su encuentro.

Atractivo, intensamente masculino con un impecable traje a medida, una camisa blanca de fino algodón y una corbata de seda. Lily percibió que era alguien diferente a los demás.

Poseía una profundidad que se hallaba bien oculta debajo de la fachada exterior que podía proporcionar la riqueza.

No resultaba difícil imaginar la clase de mujer que buscaría un hombre como él. Alta, esbelta, hermosa, de la alta sociedad, la anfitriona perfecta, que lo complaciera en la cama, le diera el obligado heredero e hiciera la vista gorda cuando tuviera una amante.

–Maravillosas –acordó Alessandro con una sonrisa dirigida a ambas mujeres, aunque en la mirada dedicada a Lily había cierta dosis de humor–. ¿Nos vamos?

El hotel estaba junto al Jardín Botánico y la entrada a la exclusiva recepción reveló unos accesorios hermosos.

En un caballete se indicaba cómo llegar al salón privado donde el diseñador celebraba la fiesta y gente de seguridad comprobaba las invitaciones en la puerta.

Una vez dentro, Lily se vio rodeada de gente espectacular, actrices conocidas, algunas modelos y abundancia de resplandor y glamour.

Los paparazis sacaban fotos de los ricos y famosos y los periodistas no muy discretos rápidamente grababan nombres al encajar *quién* estaba con *quién*.

Las voces en diferentes idiomas llenaban el salón en su afán por hacerse oír por encima de la música.

–Cariño, se te ve absolutamente deslumbrante –ofreció una ligera voz femenina con tono efusivo–. ¿Quién ha creado ese vestido?

–Una diseñadora británica que empieza a labrarse un buen nombre.

–Vaya. ¿Quién?

El nombre se perdió cuando otra voz, en esa ocasión masculina, irrumpió en la conversación.

–Alessandro. Sophia –unos ojos oscuros se posaron en Lily–. ¿Y esta joven es?

–Francesco –reconoció Sophia con encanto cortés–. Permite que te presente a mi sobrina, Lily. Francesco Alverro.

Un hombre alto, cuya sonrisa ensayada parecía justamente eso... ensayada, tomó la mano que extendió Lily, quien soslayó la invitación silenciosa de la presión íntima del dedo pulgar contra su palma.

–Debemos vernos.

«Ni en tus sueños», declinó para sus adentros al liberar la mano.

–En las próximas semanas tenemos planificados varios acontecimientos sociales –indicó Sophia con aparente pesar.

–En algunos seguro que volvemos a vernos.

Lily sintió el contacto leve de la mano de Alessandro en su muñeca y se quedó paralizada. «¿Qué estaba haciendo?»

–Tal vez –concedió él con ecuanimidad–. Si nos disculpas.

Francesco inclinó la cabeza.

–Soy muy capaz de juzgar a los hombres por mi propia cuenta –susurró Lily unos momentos más tarde, cuando un invitado se puso a conversar con Sophia.

–Desde luego que lo eres –concedió con un leve toque de cinismo.

Ella quiso golpearlo por aludir a su relación desastrosa con James.

–Eso ha estado fuera de lugar.

–Harías bien en mantenerte alejada de él. Francesco disfruta con la caza y captura y luego se marcha.

–¿No es lo que les gusta a casi todos los hombres? –lo miró.

–No siempre.

–Tú, desde luego, eres la excepción –comentó con

tonó desdeñoso–. ¿Lo que explicaría por qué has evitado entablar cualquier compromiso? –consiguió que emitiera una risita ronca.

–¿No es posible que aún tenga que conocer a la mujer con la que quiera compartir el resto de mi vida?

–¿Una nueva conquista, *signor* De Marco? –inquirió una voz femenina al tiempo que le plantaba ante la boca una pequeña grabadora.

–Una amiga –respondió con cortesía forzada y la periodista esbozó una sonrisa cómplice.

–¿Va a revelarnos el nombre de la dama? –el silencio que recibió hizo que riera suavemente–. Tengo mis fuentes. Disfruten de la fiesta.

–Interesante –declaró Lily con un toque de humor cuando la mujer se alejó–. ¿Es tu celebridad o notoriedad lo que atrae la atención?

La estudió.

–Tienes una lengua viperina.

–Creo que es un mecanismo de defensa contra hombres como tú.

–No tienes idea de la clase de hombre que soy.

«Créeme, tampoco quiero saberlo», se dijo para sus adentros.

Lo que contradecía esa inclinación a discutir con él cuando el instinto le advertía de todo lo contrario.

–¿Puedo atreverme a ofrecer una evaluación psicológica casera?

El humor que captó en los ojos de él fue muy breve.

–Podrías intentarlo

Lily fingió analizar el desafío.

–Intentaré un equilibrio comparativo. A tu favor, está Sophia, por quien harías cualquier cosa. Hasta regalarle tiempo y apoyo a su sobrina, lo que te gana algunos puntos positivos –alzó un dedo–. Doy por hecho que eres amable con los niños y los animales –apenas se detuvo al levantar otro dedo–. Sí, seguro que lo eres. Tienes buena presencia, te vistes bien y posees una ética de trabajo creíble –era más que creíble, pero adrede decidió no recalcarlo–. Sin embargo, posees una cierta... –calló deliberadamente– reputación. Que quizá en parte sea inventada –fingió reflexionar en el asunto–. Concedamos que el jurado aún no ha decidido su veredicto sobre ese tema.

–Eres generosa.

Le dedicó una sonrisa deslumbrante.

–Me alegra que lo pienses.

Le gustaba ostentar el control, aunque fuera momentáneo.

Sophia se reunió con ellos.

A medida que pasaba la velada, fue estimulante formar parte de ese mundo, observar a los invitados cuya misión era que los vieran e impresionar; aquéllos que asistían a las diversas semanas de la moda en otras capitales europeas y para los que las fiestas de los diseñadores eran *de rigüe Ur*.

Vio a Sophia en profunda conversación con un hombre muy atractivo.

Su tía llevaba una vida muy plena, involucrada en unos pocos y selectos acontecimientos benéficos junto con una vida social activa.

En una ocasión le había confiado que había decidido no volver a casarse porque su difunto marido había sido su alma gemela, y el amor verdadero raramente se presentaba dos veces.

Durante un momento reflexionó en el significado de *alma gemela*... dos personas tan sintonizadas entre sí en todos los aspectos, que no podría existir otra para ninguna durante sus vidas.

¿Había sentido eso con James?

Sinceramente, había creído amarlo. Sin embargo, con el beneficio del tiempo, debía reconocer que había amado al hombre que quería que fuera.

Desde su perspectiva, en su momento la relación había parecido idónea. Aunque en ese momento podía recordar algunas cosas que la habían molestado, insignificancias que la habían irritado, pero que había descartado aduciendo que también ella tenía algunos defectos.

No obstante, había disfrutado de la sensación de que eran pareja, en principio con los mismos intereses, y el sexo y la intimidad habían sido... satisfactorios.

James había querido un noviazgo corto, mientras ella no había tenido prisa por legalizar su relación. Había sido él quien sugiriera que celebraran una gran boda, esforzándose en vetar la ceremonia privada e íntima por la que se decantaba ella.

También había exhibido preferencia por la ropa cara, por los símbolos de estatus de riqueza, pero sin los ingresos para sustentarlos, dado que de forma habitual ayudaba económicamente a una hermana que vivía en otro estado. O eso había explicado.

Salvo que la supuesta *hermana* había resultado ser la amante a la que había visto compartir *su* cama en *su* propia casa.

Almas gemelas... saber de antemano que eran dos mitades de un todo unidas de por vida... ¿era posible?

Para algunos, quizá.

—Se te ve muy pensativa.

La voz sedosa de Alessandro le provocó una súbita espiral de sensaciones interiores.

«Respira», se ordenó mentalmente mientras la tensión entre ambos se tornaba eléctrica. «Y no permitas que se te desboque la imaginación».

Alessandro observó el juego de emociones fugaces en sus ojos expresivos y se preguntó si sabría lo fácil que le resultaba leerlos.

En un sentido, lo fascinaba, ya que poseía una mezcla de fortaleza y vulnerabilidad que le provocaba querer ser... protector con ella.

Incluso con unos tacones tan altos apenas le llegaba al hombro; sintió el impulso de soltarle el cabello, echarle la cabeza atrás y probar el sabor dulce de esa garganta.

Experimentaba la desconcertante inclinación a preguntarse cómo sería tenerla en la cama... con el pelo revuelto y la voz ronca por la pasión mientras la volvía loca.

Eso desapareció en cuanto vio que Sophia estaba a punto de reunirse con ellos.

–Lo siento –se disculpó la mujer mayor–. Me encontré con uno de los patrocinadores responsable de la contribución a la gala benéfica de la semana próxima.

–Quien sin duda aceptó aumentar su donativo original –adivinó Alessandro antes de recibir la chispeante confirmación de Sophia.

–Será un acontecimiento magnífico. Mañana –le dedicó una sonrisa cálida a Lily–, iremos a comprarnos algo espectacular que ponernos para la ocasión.

–Me parece un buen plan –coincidió la joven.

Era tarde cuando Sophia les sugirió que deberían marcharse.

Mientras iban en el coche, pensó que la fiesta había sido una experiencia fascinante que había completado un día excepcional... lo que manifestó en voz alta al entrar en el piso de Alessandro.

–Gracias –añadió con auténtico agradecimiento y abrazó cálidamente a Sophia. Luego se volvió hacia él y le dedicó una sonrisa–. *Grazie*.

–Ha sido un placer. ¿Tomamos café? –se dirigió a ambas.

–Yo no, gracias –declinó Lily–. Me iré a la cama.

–Que duermas bien, *cara* –le deseó Sophia y la observó subir las escaleras, consciente del interés similar de Alessandro. Con sonrisa serena, enlazó el brazo con el de él–. Tomemos ese café.

En la cocina, después de prepararlo en la máquina de expreso, sirvió dos tazas medianas con la bebida aromática, las depositó en la mesa y miró con curiosidad a la mujer que tenía enfrente.

–Esto no tiene nada que ver con el café.

Sophia lo miró con solemnidad.

–No.

Él bebió un sorbo y le dedicó una sonrisa irónica.

–Lily.

–Odiaría que resultara herida –comentó pasados unos segundos.

–¿Te aliviaría si te garantizo que no es ésa mi intención?

–Sí –afirmó escueta y rotundamente–. *Buona fortuna*, Alessandro.

Los ojos de él brillaron con humor.

–Puede que la necesite.

Capítulo 3

TARDÓ SIGLOS en quedarse dormida, ya que cada vez que estaba a punto de hacerlo, en su mente aparecía la poderosa presencia de Alessandro.

Daba la impresión de que lo tenía grabado en el cerebro, avivándole los sentidos...

«¡Para ya!»

Esos pensamientos carecían de sentido.

Al final el agotamiento pudo con ella y se despertó sintiéndose preparada para encarar el día.

Duchada y vestida, bajó y descubrió a su tía sentada en el comedor tomando café.

—Buenos días, *cara* —la saludó Sophia con una sonrisa—. ¿Has dormido bien?

—Sí, gracias... ¿y tú?

Con un gesto de la cabeza, Sophia indicó la silla opuesta.

—Desayuna conmigo. Alessandro se ha ido temprano al despacho.

El leve nudo que tenía en el estómago se relajó un poco, ya que la idea de compartir mesa con él durante el desayuno la había puesto un poco nerviosa.

En la mesa había café, cuyo deliciosa fragancia impregnaba la atmósfera, una jarra de zumo de naranja recién exprimido y unas bandejas cubiertas.

Era un modo perfecto de iniciar el día.

—Carlo nos recogerá en media hora y estará a nuestra

disposición antes de que regresemos al lago Como –informó Sophia, recibiendo una sonrisa traviesa de su sobrina.

–Suena divertido.

Su tía rió.

–Lo será. En la agenda figura un recorrido minucioso para ir de compras.

Y cuando se encontró en el corazón de Milán, comprendió que no había sido una promesa al viento.

–Comenzaremos por la Via Montenapoleone –indicó Sophia, dedicándole a Carlo una sonrisa alegre–. Territorio familiar, ¿verdad?

–Conozco un poco de cada tienda.

–Carlo es muy paciente –le confió a Lily con una risa ligera–. Es mi chófer, me acompaña de compras y también desempeña el papel de guardaespaldas.

–¿Guardaespaldas?

–Sólo es una medida de protección –informó Carlo.

La pregunta tenía que ser *por qué* se había considerado necesaria.

–Que no te preocupe –dijo la mujer mayor con gentileza–. Desde la muerte de Giuseppe, Alessandro y Carlo se han encargado de escoltarme adonde yo desee.

Era un acto loable y merecedor de toda la admiración de Lily.

–Empecemos, ¿te parece?

No la sorprendió que saludaran a Sophia por su nombre y le dedicaran un trato de deferencia en las muchas tiendas que visitaron.

–¿Para la Gala Benéfica, *signora*? ¿Para usted?

–Y mi sobrina, Lily.

–Ah, tengo el vestido perfecto. Tan elegante –la mujer estudió las curvas esbeltas y la estatura de la joven–. Para Lily quizá algo de la colección de primavera. Un vestido de chifón de seda con motivos florales y delicados tonos de azul y lavanda, con una insinuación de rosa. El estilo es sencillo y con el cabello recogido en alto... —ladeó la cabeza—. O el rojo... sí, el rojo resultará deslumbrante con el color de su cabello. Veremos los dos.

De los dos, le encantó el de chifón rojo, con la falda de corte sesgado y el corpiño ceñido y de escote palabra de honor. Elegante, el diseño resaltaba sus hombros delicados y la cintura estrecha; Sophia juntó las manos y le concedió un *perfectto*.

—Nos llevaremos los dos —los ojos le brillaron de placer al alzar una mano para acallar las protestas de Lily—. Es mi regalo —tomó la mano de su sobrina y la alzó a los labios—. Soy tu madrina y en todos estos años apenas hemos contado con oportunidades de pasar tiempo juntas.

—Tenemos unos zapatos exquisitos que hacen juego con el vestido —como por arte de magia, el delicado calzado les fue presentado para su aprobación.

Y, según lo prometido, eran perfectos.

—Lily, si quieres, tú puedes pagar los zapatos —concedió Sophia con gentileza—. Pero es lo único que permitiré.

—Ahora me impondré yo —dijo al salir a la calle—. Yo invito a comer en el restaurante de tu elección —la miró con expresión pícara—. No discutiremos, ¿verdad?

Sophia rió con delicadeza.

—Me recuerdas tanto a tu madre cuando siendo jóvenes y estando solteras íbamos juntas de compras.

Carlo recogió las bolsas y juntos pasearon por la Via Mazzoni, deteniéndose con frecuencia para mirar los escaparates, entrando en algunas tiendas y comprando artículos que encandilaban la vista, mientras Sophia y Carlo le señalaban los lugares de interés histórico.

Reinaba una sensación de atemporalidad, el imperecedero conocimiento de siglos pasados y cómo debía haber sido aquella vida en comparación con la que ellos llevaban.

El almuerzo les brindó un confortable descanso. Probaron unos platos exquisitos, compartieron un suave vino blanco y concluyeron con café antes de ir a visitar un famoso museo.

Luego, fue Sophia quien recomendó que cenaran antes de regresar al lago Como, y Carlo las llevó hasta una preciosa y pequeña *osteria* propiedad de una pareja que hacía una salsa para pasta exclusiva. Tanto, que Lily se afanó en determinar un ingrediente que le resultaba desconocido.

–He intentado convencer al chef de que me revelara su secreto –le confesó Sophia–. Y lo único que consigo siempre es una sonrisa y «un poco de esto, un poco de aquello». Es increíble, ¿no crees?

–Tiene un toque de chile, a menos que esté equivocada –reflexionó unos segundos–. Quizá un poco endulzada con azúcar moreno. Y chalote, me parece, por ese sabor suave y vivo.

–¿Te gustaría experimentar en mi cocina?

Lily le ofreció una sonrisa entusiasmada.

–Quizá podamos experimentar juntas. ¿Mañana?

–Nada me gustaría más.

–Es todo un honor –comentó Carlo–. Sólo Alessandro ha recibido permiso para hacer algo en la cocina de Sophia.

–¿Alessandro? –Lily enarcó una ceja.

–Trabajó en cocinas en lugares que ninguna persona respetable sabía que existían –reveló Sophia seriamente–. Mantuvo tratos con indeseables que era más factible que lo traicionaran antes que respetar el acuerdo. Y durmió en cualquier parte donde pudiera apoyar la cabeza.

–Siempre alerta, y con algún arma para protegerse –añadió Carlo con ecuanimidad.

Lily lo miró detenidamente.

–Habla por experiencia –declaró.

–Sí.

–Como uno de los... socios de Alessandro –se abstuvo de añadir «en el delito».

–Una descripción interesante –concedió el otro.

El mayor eufemismo que había oído jamás. Era consciente de que la realidad había sido mucho peor que lo que cualquiera de los dos llegaría a reconocer.

Era tarde cuando Carlo detuvo el coche en la entrada principal de la villa y les llevó las compras al interior, rechazó el café que se le ofreció y les deseó a ambas *buona notte*.

Cuando se quedaron solas, Lily le agradeció de todo corazón el día tan maravilloso que había pasado.

–De nada, *cara* –Sophia la abrazó–. Miraremos las compras por la mañana. Buenas noches, Lily –le deseó–. Duerme bien.

–Tú también, *zia*.

Juntas subieron las escaleras y se separaron cuando Lily se dirigió a su suite de invitados.

La cama grande resultaba tentadora. Se quitó la ropa, se dio una ducha y luego se metió entre las sábanas y se quedó dormida nada más posar la cabeza en la almohada.

Despertó casi a las siete, se estiró, retiró el cobertor y fue hacia las ventanas, abrió las persianas y contempló admirada cómo el amanecer teñía los jardines con un hermoso calidoscopio de colores.

Completó su rutina mañanera antes de ponerse unos vaqueros y un top informal, luego se enfundó unos zapatos planos y estaba a punto de dejar la habitación cuando recordó comprobar su ordenador portátil.

Tenía varios correos; ojeó algunos antes de llegar a uno del director de Parisi que le informaba de que todo iba bien en el restaurante.

El remitente del siguiente correo era James y su reacción inicial fue borrarlo sin leerlo. Pero minutos más tarde la curiosidad la impulsó a abrir la carpeta de elementos borrados y leer la misiva de disculpa, en la que se mencionaban remordimiento, un corazón roto y una súplica de reconciliación, seguidos de la promesa de ser fiel y cariñoso... si tan sólo le brindara otra oportunidad.

Ni siquiera merecía una respuesta.

Sin pensárselo, cerró la tapa y bajó. Encontró a Sophia en el comedor bebiendo café mientras hojeaba el periódico de la mañana.

—Buenos días, *cara* —la saludó con una sonrisa cálida y le indicó el contenido de la mesa—. ¿Café? ¿Zumo?

Lily se sentó y se sirvió un zumo que bebió despacio.

—Hay varios artículos sobre el desfile —Sophia indicó la página en cuestión—. Junto con fotos de la fiesta. Las revistas de esta semana tratarán ambos acontecimientos con más detalle —empujó el periódico para que Lily pudiera verlo.

Ésta miró las fotografías y se detuvo al reconocer una de ella de pie junto a Alessandro en la fiesta.

Salvo que no fue la foto lo que llamó tanto su atención, sino el pie provocador que especulaba con su identidad y se cuestionaba si era la última conquista de Alessandro. Concluyendo con un «*Estaremos atentos*».

La enfadó la insinuación mezclada con un ángulo astuto de la fotografía que prestaba credibilidad a que hubiera un ápice de verdad en ese chisme infundado.

–¿De dónde sacan estas cosas? –preguntó ante su segunda taza de café.

–*Cara*, no dejes que te angustie –intentó tranquilizarla Sophia–. Los medios se ganan la vida así y Alessandro tiene propensión a llamar la atención.

–Algo que yo elijo no compartir.

Sophia calló, bien consciente de que Lily había capturado el interés de Alessandro. Lo conocía muy bien, mejor que muchos... lo bastante como para reconocer cuando sólo seguía los juegos sociales. Y dudaba mucho de que ése fuera uno de ellos.

–Come algo y luego intentaremos copiar la salsa de tomate de ayer, ¿te parece?

Como distracción funcionó, ya que combinaron experiencia, instinto y sutileza para crear lo que prometía ser ambrosía.

–¿Qué te parece? –le preguntó su tía al acercar una cuchara de madera a Lily para que probara el contenido.

–Se parece mucho, pero aún faltaba algo. Tomó una decisión repentina–. Otra pizca de azúcar moreno, y pienso añadir una hoja de laurel. Quizá así lo consigamos.

–Esto es tan divertido. Recuerdo cuando *mamma* preparaba su propia pasta y nos enseñaba a tu madre y a mí a hacer *panini*.

Mientras la salsa continuaba cociéndose a fuego lento, sacaron harina y huevos e hicieron pasta, que comieron durante el almuerzo con pan fresco y crujiente.

–Hmmm, esto está delicioso –alabó Sophia.

Lily alzó una mano y la movió un poco a derecha e izquierda.

–Pero no del todo –frunció el ceño–. La próxima vez, dejaré la hoja de laurel y le añadiré una pizca de pimentón.

–Lily, este plato causaría sensación en el mejor restaurante –la miró con un resplandor travieso en los ojos–. Veo que te has impuesto una misión.

–Mmm.

–Pero hoy no –afirmó su tía–. Esta tarde Alessandro te va a llevar de excursión a los lagos. Hay mucho que ver.

–¿Alessandro? Estoy segura de que se encuentra muy ocupado –protestó, pero vio que Sophia movía la cabeza.

–Si fuera así, no se habría ofrecido.

El hecho era que la había inquietado más de lo que estaba dispuesta a reconocer. Y carecía de respuesta para la posible razón.

Estuvo lista para la hora establecida; se había puesto unos pantalones negros y un fino jersey de cachemira de color rojo debajo de la chaqueta negra a juego con el pantalón. Todo eso rematado con unos cómodos zapatos planos.

El deportivo de Alessandro se detuvo en la entrada adyacente y dio la impresión de que él había elegido la comodidad por la formalidad, dada la ausencia de corbata, la camisa abierta al cuello y la chaqueta de piel de color crema.

Al verlo saludar a Sophia antes de volverse hacia ella, notó que le daba un aire casual que llevaba con notable estilo.

–¿Nos vamos?

Decidió que Sophia tenía razón cuando Alessandro

subió hasta un punto privilegiado en las colinas, desde donde se disfrutaba de una vista espléndida de los lagos que se extendía hasta el norte, a las cumbres nevadas de las montañas en la distancia.

Abajo había poblados dispersos próximos a los lagos; villas con tejados de terracota que aportaban la dosis de color entre las colinas arboladas; en las aguas gris azuladas unas pocas lanchas motoras remolcaban a esquiadores al tiempo que dos motos acuáticas dejaban una estela de espuma blanca.

—Aquí, si alguien la desea, reina una relativa serenidad —comentó Lily—. Y tiene la ventaja de estar cerca de Milán.

Italia era el país donde había nacido y sentía la poderosa inclinación de quedarse una temporada. Existía el deseo instintivo de redescubrir sus raíces, de disfrutar de la tierra y sus gentes. De lo que la vida eligiera ofrecerle...

Contuvo un suspiro. Podría vivir allí, disfrutar del ambiente... del estilo de vida, de la comida, de Sophia... Resultaba tentador y no tenía nada que perder.

Había tantos sitios de interés, con las maravillosas villas y su historia.

—¿Tú naciste en Milán? —la pregunta salió de sus labios sin pensar. Él la miró un instante antes de devolver la atención a la carretera.

—Según mi partida de nacimiento.

—¿Tus padres viajaban mucho?

—Depende de tu interpretación de la palabra.

Ella guardó silencio unos instantes.

—¿Tan malo fue?

Y más. Los recuerdos y las imágenes permanecerían con él el resto de su vida.

—Logré sobrevivir.

–Pero no fácilmente –lo estudió.

No en el lado correcto de la ley... hasta que Giuseppe dalla Silvestri le había proporcionado la oportunidad para una nueva vida.

–Yo fui afortunada de nacer en el seno de una familia cariñosa –ofreció ella cuando no obtuvo respuesta–. Con unos padres adorables que me regalaron una maravillosa infancia, insistiendo en que recibiera una buena educación y la ventaja de perfeccionar mis estudios en el extranjero. Mi vida –añadió–. Resumida en dos frases.

–Has dejado fuera a tu exnovio.

–Adrede.

–¿Es un tema tabú?

–Por ahora –le dedicó una mirada perceptiva–. Como imagino que te sucede a ti con detalles de tu juventud.

La boca generosa de él se curvó en una sonrisa irónica.

No podía culparlo por ser reservado, ya que tampoco ella se sentía cómoda ofreciendo cada pequeño detalle de su compromiso roto.

Requería tiempo y un amplio grado de confianza desnudar el alma.

Tal vez algún día... «¿De dónde ha salido eso?» Alessandro no iba a formar parte de su vida, ni a la inversa.

Sólo se mostraba amable con la sobrina de Sophia... pero sin desearlo pensó que, en ese caso, Carlo bien podría haber desempeñado el papel de guía y acompañante.

–Espero que sacar tiempo de tu trabajo no altere tu agenda.

Alessandro detuvo el potente coche en un punto elevado y privilegiado y apagó el motor.

La vista, a pesar de lo magnífica que era, apenas captó la atención de Lily cuando él se giró en el asiento para mirarla, hasta el punto de que el espacio en el coche de repente le resultó demasiado pequeño.

–¿Te preocupan mis intereses empresariales, Lily? Había un tono levemente burlón en su voz.

Y la desconcertó la súbita aparición de la tentación de explorar esa boca generosa. De trazar su curva con los dedos... más, de adelantarse y que las bocas se unieran. Como si hubiera entrado en acción una fuerza interior.

Le costó luchar contra esa fuerza casi magnética.

–Estoy convencida de que tienes un personal altamente cualificado y capaz de atender cualquier necesidad que pudiera surgir –logró responder con ligereza–. Al igual que lo último en tecnología de comunicación como para establecer un contacto instantáneo si la situación lo requiriera.

No pudo determinar la expresión de él y abrió mucho los ojos cuando los dedos de Alessandro siguieron el contorno de su mandíbula hasta coronarle el mentón y presionar el dedo pulgar sobre su labio inferior.

Aunque era imposible, sintió como si el corazón se le detuviera. Desde luego, dejó de respirar de forma consciente durante unos segundos interminables, atrapada en una hipnotizada fascinación a medida que él se inclinaba y le rozaba la sien con los labios.

Su fragancia le provocó los sentidos y los despertó a la vida y con un suspiro silencioso entreabrió los labios.

Sería tan fácil enmarcarle la cara y buscar su boca... probarla y saborearla, descubrir la magia de ese contacto.

Pero algo la contuvo. ¿La incertidumbre? ¿La necesidad de mantener las defensas emocionales que se había impuesto desde el comportamiento traicionero de James?

Entonces, ¿por qué se sintió levemente desolada cuando la soltó y se desabrochó el cinturón de seguridad?

—El crepúsculo es espectacular desde aquí —bajó del coche y rodeó el vehículo para abrir la puerta de ella—. Contemplémoslo juntos. Luego buscaremos un lugar donde cenar.

—Creo que Sophia me espera para cenar —fue una protesta simbólica que provocó una sonrisa en él.

—No cuando yo le aseguré que te llevaría a la villa a las once.

—Yo no... —comenzó sorprendida.

—Es una cena, Lily, con una conversación agradable.

Sonaba inocuo. Después de todo, ¿qué tenía que temer?

Bajó del coche y se dirigió al guadarraíl con él a su lado.

Gradualmente, los colores cambiaron y se acentuaron a medida que el sol se hundía detrás del horizonte, haciendo que el cielo se oscureciera después de un último fogonazo de luz.

—Si esperamos, verás salir las estrellas —informó Alessandro con voz queda al situarse detrás de ella.

Esa proximidad agitó sus sentidos ya despiertos y se quedó quieta cuando le pasó un brazo alrededor de la cintura y se pegaba a ella.

Estuvo a punto de establecer una distancia entre ellos. Pero su brazo, su presencia, la hacían sentir... protegida. A salvo. Declinó analizar la causa exacta para ello.

–Observa con atención –dijo él, dirigiendo su atención hacia el punto preciso.

Y ahí estaban, diminutos puntos de luz en el cielo, apareciendo de forma gradual a medida que la oscuridad de la noche cobraba una tonalidad índigo intensa. Un fondo hermoso para la iluminación proporcionada por las villas y las farolas de los pueblos que se diseminaban abajo.

Él sintió la tentación de buscar el hueco suave en el borde de su nuca. Alzar las manos a su estómago y permitir que subieran más hasta coronarle los pechos, pegarla contra el cuerpo y dejar que sintiera el poderío de la erección que le provocaba.

Pero sabía que si hacía cualquiera de esas cosas el placer que obtendría sería extremadamente temporal. Y no quería nada *temporal*.

–Creo que es hora de ir a cenar –sugirió al retroceder–. Hay una *trattoria* a unos pocos kilómetros de aquí. La comida es casera y buena.

Lily le dio la razón después de pedir lasaña, una ensalada de acompañamiento y pan fresco con unos aliños de aceite de oliva y hierbas.

Ésa era la Italia que amaba. Buena comida, un poco de vino y una compañía agradable.

De hecho, un hombre muy atractivo, con facciones duras, ojos penetrantes y oscuros y cuya atención era incapaz de definir.

–Lo estás pasando bien.

Le brillaron los ojos al tiempo que le dedicaba a Alessandro una sonrisa cálida.

Se había tomado toda la lasaña, terminado la ensalada, declinado el postre y elegido té en vez de café.

Mientras bebía su café, Alessandro pensó que, para

variar, resultaba un cambio placentero estar con una mujer que comía con auténtico apetito.

–Ha sido un día maravilloso –comentó ella con sinceridad–. Gracias.

Él le tomó la mano y se la llevó a los labios.

–El placer ha sido mío.

Durante unos segundos atemporales Lily no fue capaz de apartar la vista de esos ojos.

«No sé adónde vas con esto». Peor aún, ya que tenía la clara impresión de que Alessandro iba unos pasos por delante de ella. Y no sabía adónde lo llevaban. Sin duda, a ninguna otra parte que no fuera una amistad.

En ese caso, ¿por qué experimentaba esa sensación de desilusión? Seguía sin tener sentido.

«Porque tú no quieres que tenga sentido».

Esa contradicción no presagiaba nada bueno para su paz mental. Se recompuso.

–¿Nos vamos?

Alessandro llamó al camarero, pagó la cuenta y luego escoltó a Lily al exterior.

Eran casi las once cuando se detuvieron ante la entrada de la villa de Sophia. Con una mano ella se soltó el cinturón de seguridad y alargó la otra para abrir la puerta.

–Tengo llave –expuso ella–. No hace falta que me...

Pero él ya había bajado del coche y cruzado a su lado; le quitó las llaves de las manos y abrió la puerta delantera.

–Buenas noches, Lily –entonó con gentileza–. Te veré mañana por la noche –recibió una mirada desconcertada–. En una fiesta que da una de las mejores amigas de Sophia para celebrar el compromiso de su hija Annabella –le explicó.

–Claro –¿cómo podía haberlo olvidado?–. Sophia lo

mencionó esta mañana. Buenas noches –entró, echó el cerrojo y volvió a activar la alarma como le había mostrado su tía.

Al echarse un último vistazo en el espejo, pensó que una cena íntima con amigos para celebrar el compromiso de la hija de la anfitriona sería una velada agradable. Se había puesto unos pantalones negros de noche, una deslumbrante blusa roja de seda, una chaqueta negra a juego, que se quitaría nada más llegar, un bolso de fiesta y zapatos negros de tacones finos y altos. Se recogió el pelo con elegancia y se puso pendientes, colgante y pulsera de diamantes.

Salió de la suite que ocupaba y bajó las escaleras para reunirse con Sophia en el recibidor.

–¿Te he hecho esperar?

–En absoluto –la tranquilizó su tía–. Alessandro acaba de llegar. Estaba a punto de abrir la puerta.

Lo que hizo.

Él se erguía en la entrada ancha, una figura alta con un traje impecable a medida, irradiando esa abrumadora sensación de poder masculino.

–Sophia, Lily.

–*Caro* –lo saludó con una sonrisa mientras aceptaba el beso leve en la mejilla.

Luego se acercó a ella para hacer lo mismo. Tan cerca, le agitó los sentidos y le hizo hervir la sangre.

Mientras avanzaban entre las colinas, Lily pensó que todo era distinto por la noche, con las luces centelleando en la distancia.

Y también que *íntima* era un eufemismo. Parecía que una hilera interminable de coches alineaba la entrada circular de vehículos que conducía a una magnífica villa de dos plantas que se alzaba en un terreno hermosamente iluminado.

Los recibió la anfitriona, y luego un miembro del personal los escoltó a lo que sólo podía calificarse como un gran salón de baile, donde una impresionante cantidad de invitados se mezclaba en grupos mientras los camareros se movían entre ellos ofreciendo canapés, champán y vino.

Lily reconoció unas pocas caras familiares, invitados a los que había conocido durante la última semana, y en la siguiente media hora le presentaron a todos los que faltaban.

Incluida la hija de la anfitriona, Annabella, y su novio, Enrico.

A la pareja se la veía muy feliz, con ojos sólo para el otro, convencida de que el amor podría superar cualquier obstáculo que les arrojara la vida.

Se preguntó si ella había estado tan feliz la noche de su compromiso con James. Y la única palabra que acudió a su mente fue *satisfecha*.

En su momento había pensado que se trataba de amor. No podría haber estado más equivocada.

Y aunque sabía que no todos los hombres eran como James, su facultad para juzgarlos se había visto sacudida. Era más sencillo evitarlos.

Un leve contacto en su cintura la devolvió con brusquedad al presente en el momento en que Alessandro apoyó una mano en su espalda, provocándole un ligero hormigueo.

Supo que era algo más que nervios.

Percepción. Reconocimiento sensual. Química sexual.

Y nada de lo que hacía conseguía mitigar el calor que él generaba en su cuerpo.

Jamás había experimentado una reacción semejante ni se había sentido más confusa.

La mantuvo la esperanza de que él no tardaría en ir a saludar a amigos y ella pudiera volver a respirar con normalidad.

Salvo que no se movió, casi como si supiera que su presencia la afectaba profundamente y decidido a aprovechar dicha ventaja.

—Sophia, si tienes un momento, me gustaría hablar contigo.

—Por supuesto —ésta se excusó y se alejó unos pasos para hablar con la persona que había requerido su presencia.

—¿No tienes nada que decir, Lily? —planteó Alessandro.

—¿De qué te gustaría hablar? —descubrió que no le resultaba nada difícil dedicarle una sonrisa deslumbrante—. ¿De asuntos fiscales, del último vertido de petróleo? Eso debería llenar el vacío.

Él alzó una mano y con delicadeza le acarició la mejilla.

—No hay necesidad de que te sientas nerviosa —indicó con suavidad.

No quería que se mostrara suave ni gentil. Tampoco quería jugar al intercambio de palabras inocuas y carentes de sustancia que no significaban nada.

—¿Por qué iba a estar nerviosa? —durante un momento sostuvo su mirada y se vio obligada a reconocer que no era la sensación más cómoda que había vivido. Alzó una mano y comenzó a enumerar con los dedos—: Hoy he desayunado con Sophia, he ido a Como, hemos estado de compras y hemos comido juntas, y luego continuado con las compras.

—¿Eso es todo?

No lo era. Salvo que no tenía intención de contarle que había recibido otro correo electrónico de James en el que repetía el remordimiento que lo embargaba, citaba más promesas vacías y le suplicaba otra oportunidad. Otro correo que había elegido ignorar.

Ladeó la cabeza y lo observó con deliberada solemnidad.

—¿Por qué no me cuentas tú el día que has tenido?

Los ojos de Alessandro proyectaron humor.

—Reuniones corporativas, una multiconferencia de vídeo, comida con un asociado.

—Y ahora estás aquí, cumpliendo con tu deber con la sobrina de Sophia.

—¿Es así como percibes mi presencia?

—¿No lo es?

—No.

Durante unos segundos se quedó sin palabras, incapaz de pensar en una que tuviera lógica.

En ese momento la anfitriona anunció la cena y pidió que los invitados fueran a sentarse.

Unas tarjetas asignaban la distribución y Lily sintió que el estómago le daba un vuelco al ver que estaba sentada a la derecha de Alessandro, con Sophia a la izquierda de él.

La distribución no le brindaría ningún respiro durante un par de horas.

Alessandro demostró ser un acompañante atento, quizá demasiado, ya que parecía contemplarla con un grado de afecto, asegurándose de que su copa estuviera llena y complaciendo su petición de agua mineral después de la copa de champán inicial.

Le sobraba encanto. Aunque sólo un necio no detectaría el artista despiadado que había bajo su fachada sofisticada.

Percibió que era una combinación que parecía fascinar, ya que notó miradas disimuladas en su dirección de tres mujeres diferentes sentadas a la misma mesa.

Se preguntó si lo que las atraía sería su pericia entre las sábanas o la fortuna que había logrado amasar.

Con un cinismo impropio de ella, decidió que ambas cosas.

¿Acaso no había sido el modo de comportarse de James interpretar un papel y luego exponer como excusa para mantener una aventura que necesitaba una mujer de *verdad*, preparada para satisfacer *todas* sus necesidades sexuales?

En ese momento se pidió atención para alzar las copas de champán y brindar por la nueva pareja, algo que se llevó a cabo con gran entusiasmo.

La recorrió un ligero escalofrío al sentir que Alessandro estiraba el brazo de forma casual por el respaldo de la silla y se inclinaba hacia ella para susurrarle:

–Está preciosa, ¿verdad?

Tan cerca, era consciente de la calidez de su cuerpo y de la intensa masculinidad que proyectaba sin esfuerzo alguno.

–Deslumbrante –concedió Lily, sintiendo que la vena del cuello le palpitaba con intensidad.

Fue un alivio que la cena concluyera y sus anfitriones animaran a los invitados a pasar al salón contiguo, donde un *discjockey* comenzó a poner música para que pudieran bailar.

La música clásica ambiental se alternó con la música pop movida, y adrede ella buscó moverse entre los invitados, consciente de que Alessandro rara vez se separaba de su lado.

–Baila conmigo.

Logró ocultar la sorpresa que la invadió. Un *no* silencioso se alzó y murió en su garganta ante la idea de estar entre esos brazos, moviéndose al son de una música lenta bajo una iluminación tenue.

–Creo...

–No –cortó él con suavidad y la llevó a la pista de baile y al espacio entre sus brazos.

«Relájate», se dijo. Podía hacerlo. Se hallaban en un salón lleno de gente.

Entonces, ¿por qué sentía como si estuvieran solos y no existiera nadie más?

No debería ser tan agradable estar perfectamente sincronizada con cada movimiento, como si ya hubieran bailado juntos en otra vida. Mentalmente se dijo que era una locura y lo descartó.

Él la sostuvo a cierta distancia, casi de manera formal, pero el instinto le advirtió que la pegaría a su cuerpo si intentaba apartarse.

Como si percibiera el tren de sus pensamientos, la pegó a él y la formalidad se olvidó por completo.

Sintió un nudo en la garganta cuando apoyó una mano en la parte baja de su cintura.

La envolvió una magia sensual que hizo que sus sentidos sintieran vértigo y avivaran un anhelo de algo imposible.

Quizá se trataba de algo demasiado complejo para comprender.

Lo único que conocía era el deseo de capturar el momento y aferrarse a él tanto como pudiera.

Inevitablemente, la canción lenta terminó, el ritmo cambió y Lily se excusó con el pretexto de ir a felicitar a la pareja que acababa de comprometerse antes de agradecerle a la anfitriona una velada maravillosa y que la hubiera invitado.

–Eres más que bienvenida. Sophia es una querida

amiga y es un placer que compartieras esta noche con nosotros. Espero que estés disfrutando de la fiesta.

–Mucho, gracias.

Lily decidió que un café solo, fuerte y con azúcar, le sentaría bien mientras se dirigía a una mesa colocada en un lado donde unos camareros servían expresos. Aceptó una taza y bebió; casi había terminado cuando oyó su nombre.

–Lily.

Sólo una voz masculina podía desbocarle el corazón de esa manera. Se volvió hacia él.

–Alessandro –sonrió–. ¿También andas buscando un café?

–No, a ti.

No podría haber sido más sucinto.

–¿En serio? –hizo una pausa meditada–. ¿Por algún motivo en particular?

–Varios. Aunque por el momento, *uno* me basta.

–¿Y cuál es?

Con expresión jocosa, le pasó un brazo por la cintura.

–Sophia está preparada para marcharse.

Lily no consiguió poner distancia entre ambos mientras Sophia charlaba unos momentos con los anfitriones en el recibidor antes de dirigirse al coche.

Era tarde, y mientras el coche descendía por las colinas llevado por las manos hábiles de Alessandro, la atención que le había dedicado él llenaba su mente mientras trataba de buscarle alguna lógica.

«Pero te fascina», afirmó una voz interior.

«¿Y qué si es así?»

«Tal vez deberías descubrir la causa».

Ya había sufrido una traición; ¿por qué descartar la cordura y arriesgarse a sufrir otra?

Fue un alivio llegar a las cancelas que guardaban la espaciosa villa de su tía, y una vez dentro, Alessandro les deseó buenas noches y se inclinó para besar la mejilla de Sophia antes de elegir su boca en una caricia ligera y evocadora que concluyó incluso antes de empezar.

Tal como él había querido.

Capítulo 4

LA RELAJÓ descubrir que Alessandro ya se había ido cuando a la mañana siguiente se reunió con Sophia para desayunar.

—Hoy tiene que asistir a una conferencia en París y mañana a otra en Londres —explicó la otra mujer. Lo que me brinda la oportunidad de mostrarte algunos de los lugares más afamados de Milán... galerías de arte, un *palazzo* maravilloso, el Duomo y algunas de las catedrales tan hermosas que tiene la ciudad.

Lily sonrió encantada.

Y todo resultó maravilloso, desde las obras maestras arquitectónicas y la exquisita artesanía hecha a mano, hasta la profunda sensación de antigüedad y de las personas que existieron entonces, sus estilos de vida.

Experimentó una poderosa sensación de pertenecer a aquel lugar, y así se lo comentó a Sophia.

—*Cara*, ¿por qué no te quedas? —la animó su tía con entusiasmo—. Ya sabes cuánto me gusta tenerte conmigo.

Sería muy fácil aceptar; tomó la mano de Sophia y la apretó.

—Hablémoslo durante la comida.

—Conozco el lugar perfecto —le sonrió jubilosa.

Lily estuvo de acuerdo cuando entraron un rato más tarde en el restaurante exquisitamente decorado y el maître la saludó por su nombre.

Completadas las presentaciones, las escoltaron a una

mesa con un mantel de lino y una vajilla y cubertería de gran calidad.

El menú también se ganó su respeto, al igual que la extraordinaria selección de vinos.

Una vez que pidieron, recibió la mirada interesada de su tía con una sonrisa reflexiva.

—Me gustaría encontrar trabajo en un restaurante y alquilar un apartamento pequeño en Milán —confesó antes de pasar a explicar su decisión—. En casa tengo un excelente director y personal, y estoy segura de que Parisi seguirá funcionando con la calidad habitual.

Sophia juntó las manos deleitada.

—Así que vas a quedarte. *Cara*, es una noticia maravillosa.

—Me alegró de que lo apruebes —fue fácil reír.

—¿Cómo no voy a hacerlo? —alzó una mano y el sumiller se acercó a la mesa—. Vino, por favor. Hoy celebramos algo.

—Desde luego —convino el sumiller.

Les sirvieron un magnífico Sauvignon Blanc, con el que Sophia brindó por el viaje de Lily a Milán, seguido de unos entrantes que resultaron una forma de arte visual en presentación y sabor. Superado, si ello era posible, por el plato principal. Llegado el momento del postre, el exquisito preparado de merengue desafió toda descripción.

Fue Lily quien solicitó que le transmitieran sus cumplidos al chef, el afamado Giovanni, cuyo nombre provocaba una reverencia superada por muy pocos, de acuerdo con la explicación de Sophia.

Para sorpresa de la joven, éste se presentó a su mesa cuando terminaron de comer.

—Sophia. Es muy grato volver a verte —saludó con afecto—. Hoy vienes acompañada por una joven amiga.

–Mi sobrina y ahijada, Lily –dijo con sonrisa cálida–. Quien también es chef y posee su propio restaurante en Sídney.

–¿Estás de vacaciones? ¿O pretendes permanecer en Milán y encontrar trabajo de inmediato?

No había pensado mucho en el tiempo.

–Lo último.

El interés de él pareció incrementarse.

–¿Hablas italiano con fluidez?

–Y también francés –le explicó Sophia–. Mi sobrina pasó un año en París estudiando la cocina francesa.

–En un rato cerraremos durante unas horas. Cuando hayas terminado el café, Giorgio, el maître, te escoltará a la cocina y hablaremos –inclinó la cabeza–. *Scusi, per favore*.

–Suena prometedor, *cara* –comentó su tía–. ¿Qué te parecería si Giovanni te ofreciera un puesto aquí?

«Acéptalo», le dijo una voz interior.

–No nos entusiasmemos hasta haber hablado con él –indicó con cautela.

En ese momento el maître se acercó a la mesa para preguntarles con cortesía qué les había parecido el almuerzo. Después de recibir una gratificante reafirmación de las excelencias de todo lo degustado, dirigió su atención a Lily.

–*Signorina*, si está lista, la conduciré a la cocina.

Al entrar en el recinto espacioso, la primera palabra que le fue a la mente fue *eficiente*. De un vistazo notó encimeras e islas limpias y despejadas de acero inoxidable, buenos utensilios y electrodomésticos y el personal trabajando al unísono.

Giovanni fue a su encuentro y señaló un pequeño despacho en la parte de atrás de la cocina.

–Hablaremos en privado.

Las preguntas se centraron en su preparación, dónde, cuándo, incluidos su experiencia y conocimiento. Después, le mostró una variedad de menús sobre los cuales trataron de los ingredientes y de la metodología detallada, tanto en francés como en italiano.

La estaba poniendo a prueba y no le quedó más opción que admirar su enfoque personal.

–Necesito un ayudante de chef –explicó–. ¿Estarías preparada para completar un día de prueba mañana?

¿Mañana?

No había resquicio para la vacilación.

–Sí.

–*Bene* –mencionó las horas y la paga–. Si trabajas bien, el puesto es tuyo –se puso de pie, indicando que la reunión había terminado–. Te espero en la cocina a las siete de la mañana.

Era más que lo que Lily había esperado. Y al reunirse con Sophia y Carlo pensó que además del destino, también influía el beneficio de encontrarse en el lugar y el momento adecuados.

–¿Es un sí? –inquirió Sophia de inmediato.

–Condicionado a un día de prueba mañana –confirmó con una sonrisa.

–En el que sobresaldrás –le aseguró su tía.

Aunque prematura, la certeza era conmovedora.

–Es posible.

–Lily, no puede haber duda alguna –la reprendió Sophia con gentileza al tiempo que se incorporaba–. Necesitamos recoger lo que sea que vayas a necesitar mañana –decidió mientras abandonaban el restaurante–. Carlo se encargará de nuestro alojamiento en Milán para una noche y mañana te llevará al restaurante. Mientras tanto, me pondré en contacto con una de mis amigas que se dedica a los negocios inmobiliarios.

–Primero, deja que supere el día que me espera –protestó ella con un gesto de cautela.

–Desde luego.

Sophia dalla Silvestri resultó ser una mujer muy eficiente al hacer y recibir llamadas telefónicas mientras Carlo las llevaba de vuelta a la villa en el lago Como, donde Lily preparó una maleta pequeña para pasar una noche y un día pleno de trabajo al día siguiente.

–Alessandro nos ha ofrecido su piso –le transmitió Sophia mientras Carlo avanzaba entre el tráfico de la noche en su aproximación a las calles del centro de Milán.

–Es muy amable –dijo con expresión impasible.

–No cree que vaya a llegar a Milán hasta mañana por la noche.

Eso la alivió, ya que la idea de mantener una conversación cortés con él no figuraba en su lista de pasatiempos predilectos cuando necesitaba una buena noche de descanso.

Su súplica fue atendida, porque no hubo rastro de él mientras cenaba con Sophia y Carlo... ni cuando se retiró a su suite de invitados.

Pero no podía dormir, y después de lo que pareció una interminable cantidad de tiempo, apartó el edredón, se puso un chal de seda sobre un pijama de algodón y bajó en silencio a la cocina.

Una bebida caliente y algo de meditación la ayudarían a dormir.

La bebida le sentó bien... pero no tanto los pensamientos. Las luces de la ciudad y el rastro dejado por los faros de los pocos coches en circulación la distrajeron.

–¿No puedes dormir?

Aferró la taza con ambas manos en un esfuerzo por

no derramar lo que quedaba del contenido al mirar so-
bresaltada al hombre que se situó a su lado.

Todo su cuerpo se puso en alerta.

—Se suponía que estabas en Londres.

A la luz tenue, sin chaqueta ni corbata y con la camisa remangada, parecía más alto y ancho. La mirada
casual no pudo distraerla de la intensa masculinidad que
parecía irradiar sin esfuerzo alguno.

—Decidí volver a casa.

—¿A una cama vacía a estas horas? —las palabras es-
caparon de su boca antes de poder pensar en lo que decía.

—¿En vez de pasar una noche físicamente activa en
brazos de una mujer?

Lily se ruborizó y esperó que él no se percatara.

—Si es lo que te brinda placer —logró responder con
humor irónico.

—¿Es que piensas que me acuesto con mujeres de
forma indiscriminada, Liliana?

El uso burlón de su nombre completo encendió algo
profundo en su interior, un destello sensual que ame-
nazó con destruir su paz mental.

—Sin comentarios —replicó, como si no le importara
lo más mínimo, y se negó a reconocer que era todo lo
contrario.

—Es hermosa, ¿no crees?

—¿La vista?

—Por supuesto.

Sin embargo, por la cabeza le pasó que no se había
referido al paisaje.

—¿Te pone nerviosa el día que te espera?

Sin duda Carlo o Sophia le habían dado la noticia.

—Un poco —contestó con su sinceridad innata y sintió
que se situaba detrás de ella.

–Quizá esto te ayude.

Posó las manos en sus hombros y comenzó a aflojarle los músculos tensos con una habilidad que le provocó un suspiro.

Era agradable. Santo cielo... muy agradable. Cerró los ojos, bajó la cabeza y, simplemente, se entregó a sus cuidados.

No debería dejar que la masajeara... ni disfrutar tanto de ello. Se dijo que lo permitiría un minuto más antes de darle las buenas noches.

Lo hizo... aunque fueron tres minutos, no uno.

Y se sintió desolada cuando tuvo que huir de unos dedos suaves que le acariciaron la mejilla.

Alessandro la observó con ojos entrecerrados y pensó en la reacción que habría podido tener Lily si la hubiera acercado y tomado su boca... como había sentido la poderosa tentación de hacer.

Sus reservas iniciales no tardaron en desaparecer cuando le presentaron al personal de la cocina, le mostraron dónde estaban localizados los diversos utensilios y aparatos de cocina, el contenido de la despensa, el almacén frío... y cuando se familiarizó con el menú del mediodía.

Bajo la supervisión inicial de Giovanni, preparó, troceó en dados, cortó aves de corral, carne vacuna, verduras y se ocupó de hacer pasta fresca.

La concentración y la atención al detalle la mantuvieron centrada y trabajó con rápida diligencia, disfrutando de la adrenalina que la recorrió cuando el restaurante abrió para el almuerzo y el ritmo aumentó de forma drástica a medida que en la cocina se servían los platos que luego recogían los camareros de servicio.

Reconoció que era un trabajo en equipo de alta precisión y que Giovanni era un jefe duro pero justo, que no se mordía la lengua para declarar que un plato no satisfacía su grado de perfección.

Para su inmenso alivio, ella no recibió ninguna crítica.

En cuanto comenzaron a servirse los postres, la presión comenzó a decrecer.

A medida que se marchaban los últimos clientes y las puertas del restaurante cerraban, se inició la limpieza de la cocina hasta dejarla en su anterior e impoluto estado, luego se le dio un descanso a todo el personal del local antes de que llegara el momento de preparar el menú de la noche.

Lily se ganó un gesto de aprobación de Giovanni y la presentación del personal del salón, una de ellas una camarera rubia y atractiva procedente del Reino Unido de poco más de veinte años llamada Hannah, cuyos profundos ojos azules brillaban con humor travieso.

El almuerzo fue un paseo comparado con la cena, que Lily catalogó como una de las más ajetreadas que había experimentado en mucho tiempo. Sin embargo, era territorio familiar, alrededor del cual estructuraba su vida y del que disfrutaba, aunque a veces pusiera sus nervios a prueba.

Sin embargo, la sensación de logro y satisfacción pudo con cualquier momento aislado de caos.

Era casi medianoche cuando se quitó el mandil y la gorra y los tiró al carrito para la lavandería.

Comprobó el teléfono móvil y leyó un mensaje que le decía que en el exterior la esperaba un coche.

Giovanni se acercó a ella cuando recogía el bolso.

—El puesto es tuyo. Alternarás entre los turnos del mediodía y de la noche. A partir del lunes, empezarás en el turno del mediodía. Se inicia a la misma hora que hoy por la mañana –calló un momento y luego le ofreció una sonrisa leve–. Trabajas bien.

Eso la animó un poco.

–Gracias.

–*Buona notte*.

«Gracias», pensó para sus adentros. Sólo le faltaba llegar al dúplex de Alessandro, darse una larga ducha caliente y luego meterse en la cama.

Se hallaba tan absorta en ese pensamiento, que no notó de inmediato que era Alessandro, y no Carlo, quien le sostenía la puerta abierta.

Él lo notó de inmediato, ya que Lily se paralizó una fracción de segundo antes de pasar junto a él y ocupar el asiento del acompañante.

–¿Carlo no estaba disponible?

Alessandro contuvo una sonrisa irónica mientras iba a sentarse al volante.

–¿Habrías preferido su compañía?

–Es fácil hablar con él.

–¿Y conmigo no?

Después de mirarse unos momentos, respondió:

–No.

–¿De verdad? –sonrió–. ¿No quieres ser más explícita?

–No –le dedicó una sonrisa dulce.

La vio apoyar la nuca en el reposacabezas del asiento y percibió el suspiro apenas audible que soltó mientras él arrancaba y se ponía en marcha.

–¿Ha sido un día duro?

–Giovanni me ha contratado.

–¿Es lo que quieres?

–Sí –mientras avanzaban por las calles iluminadas, racionalizó que eso le proporcionaba un motivo para quedarse una temporada, lo cual era bueno.

Y en cuanto obtuviera la independencia que quería, probablemente ya no vería casi nunca a Alessandro.

No obstante, no supo por qué esa idea hacía que se sintiera como perdida y abandonada.

Al día siguiente buscaría apartamento con la ayuda de Sophia y haría algunas compras. Iba a necesitar sábanas y toallas. Y un coche. El transporte público después del turno del mediodía estaría bien, pero, ¿por la noche? Aunque siempre existía la posibilidad de un taxi...

Quedó tan absorta en la lista mental de cosas que debería hacer al día siguiente que no se dio cuenta de que el coche paraba ante el piso de Alessandro.

Al salir del ascensor, lo siguió al dúplex tenuemente iluminado y giró para mirarlo.

—Gracias.

Estaba pálida y en sus ojos veía una fatiga que ella se esforzaba en controlar. Debería extender un comentario cortés y dejar que subiera a su dormitorio.

—Entonces... agradécemelo —murmuró y vio que los ojos de ella se dilataban.

El aire pareció cargado, casi peligroso, y percibió cómo le palpitaba la vena en la base de su cuello. Le tomó el mentón con la mano y con el dedo pulgar trazó la plenitud de su labio inferior, aplicando algo de presión en el centro, luego siguió hasta posar la yema del dedo en la vena palpitante.

Durante un instante ella dejó de pensar, consciente en algún rincón de su ser de que eso no debería estar sucediendo, pero absorta en la necesidad de rodearle el cuello con los brazos y pegar el cuerpo contra el de Alessandro.

Una consternación atónita le devolvió la cordura al retroceder con la intención de establecer cierta distancia entre ambos.

Él la soltó y Lily se quedó paralizada, esclava de la percepción sensual.

La disgustaba que él lo supiera. Y que observara su lucha interior para recobrar la compostura. Pasado un rato, fue capaz de alzar la cabeza hacia esos ojos entrecerrados.

–No juegues conmigo, Alessandro.

–No estoy jugando.

Vio que abría mucho los ojos en un gesto de incertidumbre y aprovechó la ventaja para bajar la cabeza y tomar posesión de su boca.

Al principio se mostró gentil, explorando un poco al tiempo que la tentaba para que respondiera. La necesidad de ahondar el beso era abrumadora y anheló atraerla a la cuna de sus caderas, fundirla con su cuerpo.

Podría hacerlo con facilidad..., pero, ¿a qué precio?

Durante dos décadas había confiado en su instinto, que en más de una ocasión lo había salvado de cosas graves.

Como sacara demasiado en poco tiempo, podría perder.

Con una contención considerable, aligeró el contacto y se demoró un poco mientras trazaba la curva carnosa de esos labios con los suyos, luego levantó la cabeza y le acarició suavemente la sien antes de soltarla.

Durante un instante doloroso, ella pareció perdida, casi a la deriva, luego le dio la espalda, cruzó la estancia y subió la escalera sin mirar atrás.

No paró de dar vueltas en la cama en un intento por desterrar la imagen insistente de Alessandro, su contacto, la magia dulce de su beso. Y el modo en que hacía que se sintiera.

En conflicto consigo misma y con él, y con el deseo y la necesidad de contenerlo.

Quería un estilo de vida sereno y despreocupado. ¿Acaso no había ido a Italia justo en busca de eso? Bajo ningún concepto deseaba verse atrapada en un torbellino emocional.

Debía centrarse en lo positivo. Una vida nueva, un trabajo nuevo y en unos días su propio coche y apartamento.

Por fortuna fue lo último que recordó antes de que el sueño la reclamara.

Capítulo 5

AL COMPROBAR su ordenador portátil a la mañana siguiente, Lily encontró otro correo electrónico de James.

En esa ocasión el mensaje no era tan agradable, ya que afirmaba que si no recibía noticias en las siguientes cuarenta y ocho horas, tenía intención de hablar con ella en persona.

Sus dedos volaron al teclear *No pierdas tu tiempo* y darle a «Responder».

¿Es que de verdad creía que pasaría por alto la *distracción temporal* en que lo había sorprendido y volvería a aceptarlo en su vida?

Eso sólo demostraba que no la conocía.

Al bajar, se sintió aliviada al descubrir que Sophia era la única ocupante del comedor.

—Alessandro ya se ha ido, pero no sin antes comunicarme que la semana próxima empiezas a trabajar en el restaurante. Estoy encantada por ti —los ojos de Sophia brillaron de placer.

A Lily le resultó fácil sonreír mientras se servía café, añadía azúcar y saboreaba la bebida aromática.

—Gracias. Me complace que todo saliera bien.

—Debes instalarte durante el fin de semana —apuntó la mujer mayor con un grado de preocupación—. Hoy Carlo nos llevará a la agencia de mi amiga y miraremos apartamentos, ¿te parece?

–Por favor –aceptó agradecida–. Sería estupendo.

–*Bene*. Y ahora cuéntame lo de ayer mientras desayunas, luego nos iremos.

Sophia y su amiga, Julia, demostraron ser una pareja informada mientras seleccionaban emplazamientos apropiados y disponibilidad de alquiler; luego salieron juntas con la intención de ver las casas.

Había algunas condiciones. Sophia había insistido en que el apartamento debía estar en un buen edificio, con muebles confortables, excelente seguridad y plaza de garaje.

Julia resultó ser muy minuciosa y sus recomendaciones válidas al llevarlas a ver nada menos que cinco apartamentos, cualquiera de los cuales Lily habría estado encantada de alquilar.

–Vamos a almorzar –declaró Sophia al salir del quinto apartamento–. Luego continuaremos.

–Excelente idea –convino Julia–. Creo que os encantaría uno que tengo en mente.

Fue Julia quien eligió el restaurante e insistió en invitarlas.

En la agenda de la tarde había dos apartamentos y fue el segundo el que atrapó a Lily.

Situado en una calle bonita, el edificio en sí había sido restaurado con un respeto absoluto a su estilo clásico. Cómodo, muy funcional, con un salón de tamaño medio, un cuarto de baño dentro del dormitorio principal al igual que uno separado para el dormitorio de invitados. Los electrodomésticos de la cocina eran modernos y el comedor cálido y acogedor. Completamente amueblado, poseía servicio de seguridad y aparcamiento interior. A ello se añadía que el contrato brindaba flexibilidad y el alquiler era razonable.

–Éste –afirmó Lily con sonrisa encantada–. Me lo quedo.

–Bien. ¿No necesitas tiempo para pensártelo?

Negó con un movimiento de la cabeza.

–No –le sonrió a Julia–. ¿Tienes los papeles para firmar a mano?

–En mi despacho. Vamos para allá.

Experimentó una sensación de satisfacción al firmar el contrato, ya que conseguir un empleo y un apartamento en unos pocos días parecía algo increíble.

La siguiente adquisición sería la compra de su propio medio de transporte. Y sábanas, toallas y unos pocos elementos que personalizaran el nuevo apartamento.

Mientras Carlo las llevaba de vuelta a la villa en Como, alargó la mano y apretó los dedos de Sophia.

–Gracias.

–*Cara*, ¿por qué?

–Por todo –respondió con cálida sencillez y sintió la ligera presión de la mano de Sophia en la suya.

–Querida, quiero que seas feliz, aparte del deseo personal de que te quedes conmigo todo el tiempo que sea posible.

El calor del amor familiar le produjo un nudo en la garganta y tuvo que parpadear varias veces para contener las lágrimas.

El insistente zumbido del móvil hizo que metiera la mano en el bolso y lo sacara; el nudo se trasladó a su estómago al reconocer el número, a pesar de haber borrado el nombre de James de su agenda.

Sin reparo alguno, cerró el aparato y cortó la conexión, logrando sólo que la llamada se repitiera.

En esa ocasión dejó que sonara, lo que provocó la mirada de curiosidad de Sophia, a la que respondió con un movimiento de la cabeza.

—Me ocuparé de esa llamada más tarde.

Esperaba que James captara el mensaje de que no tenía intención de hablar nunca más con él.

Al parecer no fue así, porque justo cuando Carlo detenía el coche junto a la villa, el móvil volvió a sonar.

Bajó del coche, sacó el aparato del bolso y sintió que su furia crecía al ver el número familiar.

—No me mandes correos electrónicos ni intentes llamarme —expresó con fría determinación—. Se acabó. Se terminó.

—Lily, cariño, por favor, escúchame...

No en ese milenio.

—No tiene sentido —cortó la conexión y cerró la tapa del aparato.

—¿Problemas, *cara*? —preguntó Sophia preocupada, y su sobrina movió la cabeza.

—Nada que no pueda solucionar.

Con suerte, su exnovio ya habría recibido el mensaje.

Una ducha maravillosa la ayudó a distraer la mente de ese tema, igual que la cena ligera, tras la cual compartió una copa de vino con Sophia mientras trazaban los planes para el día siguiente antes de retirarse a dormir.

Mientras Carlo metía la tercera tanda de paquetes en el maletero del coche de Sophia, Lily reflexionó en lo sorprendente que era todo lo que se podía conseguir en tan breve espacio de tiempo.

Ya casi había tachado todos los artículos de su lista y le causaba placer que sólo quedara uno... un coche.

Después de un almuerzo placentero, Carlo las llevó a un concesionario donde, después de cierto regateo, compró un extravagante modelo plateado, perfecto para sus necesidades.

–Bien hecho –convino Carlo mientras Sophia abrazaba a su sobrina.

–Gracias –se arregló el pago después de que verificaran su carné de conducir internacional, el seguro, y el coche estuvo listo para llevárselo.

–Salgamos a la calle.

Entonces se sentó al volante y siguió al coche de Carlo hasta su apartamento.

Con placer, pensó que sería su casa mientras así lo decidiera ella al tiempo que llevaba las compras del día al segundo dormitorio.

Lo único que quedaba era el traslado al día siguiente de las cosas que aún tenía en la villa de Sophia.

Algo que se llevó a cabo con sentimientos encontrados mientras Sophia y ella se daban un abrazo antes de que se marchara con Carlo de su apartamento.

–Echaré de menos tenerte conmigo –comentó su tía con sincero pesar–. Pero saber que estás tan cerca es un placer, ya que nos veremos a menudo –se animó de forma considerable–. Hay una gala benéfica el sábado por la noche. Será un acontecimiento maravilloso –le dio un beso en la mejilla–. Te recogeremos a las ocho.

–*Grazie, zia*. No podría haber conseguido nada de esto sin tu ayuda –la abrazó con afecto–. En cuanto conozca mi agenda laboral, organizaré una noche para invitarte a cenar. Y también a ti, Carlo. Prepararé algo especial.

–Eso será estupendo, *cara*. Supongo que la invitación incluirá a Alessandro.

Lily ni parpadeó.

–Desde luego.

Como no le quedaba otra opción, se dijo que debía

aprender a controlar el pánico que dominaba sus emociones cada vez que estaba cerca de él.

Con determinación, decidió ponerse a deshacer todo el equipaje y los paquetes.

Después de redistribuir los muebles más a su gusto y de inspeccionar los armarios de la cocina, hizo una lista de la comida que debía comprar.

Era tarde cuando al fin se metió en la cama.

Los días siguientes transcurrieron a toda velocidad mientras ultimaba compras y añadía retoques personales al apartamento.

La gala significaba un vestido de noche y Lily observó complacida su vestido de seda en diferentes tonalidades de rosa, azul y lavanda, ya que resaltaba sus curvas esbeltas y caía con fluidez en torno a sus tobillos. Un delicado chal a juego le daba el toque final y unos zapatos de tacón alto de color lavanda completaban su atuendo.

En cinco minutos sonaría el telefonillo de la calle anunciando la llegada de Sophia y Carlo, por lo que empleó ese tiempo para un último retoque a su pelo y maquillaje... y estuvo lista.

En punto, el telefonillo sonó y Lily recogió el bolso y bajó en el ascensor hasta la entrada de la casa. Cuando las puertas se abrieron, vio a Alessandro a corta distancia con un aspecto demasiado atractivo para la paz mental de cualquier mujer.

Con un esmoquin a medida que resaltaba la anchura de sus hombros y su poderío físico, una camisa blanca y pajarita, parecía un modelo.

Pero ninguna fotografía podría transmitir el poder fascinante que irradiaba.

Era peligroso... un amante insaciable que podría hacer perder la razón a una mujer.

Atónita, se preguntó de dónde había salido ese pensamiento.

«Sonríe», se ordenó mientras buscaba controlar su imaginación desbocada–. «Avanza... ¡habla!»

–Hola –logró saludar con medida cortesía–. Esperaba ver a Sophia y a Carlo.

En sus ojos oscuros se proyectó un destello de humor.

–Carlo va a llevar a Sophia directamente a la gala.

–Y te envió en su lugar. Eres muy amable.

–¿Y tú tan correcta, Lily? –enarcó una ceja.

–Mi intención era ser cortés –la risa ronca de él le aceleró la sangre por las venas–. Supongo que he fracasado.

–Miserablemente –coincidió él mientras indicaba su coche aparcado junto a la entrada–. ¿Nos vamos?

Impasible por fuera pero asombrada por dentro, entró en el gran edificio antiguo al lado de Alessandro.

El esplendor hermosamente restaurado le proporcionaba un aura de atemporalidad a un acontecimiento moderno.

Con sus padres ya había asistido a galas benéficas, pero nada parecido a la escala que tenía ese acto.

Una descripción perfecta sería *elegancia refinada*. Y no se requería mucha imaginación para pensar en una época anterior de bailes a los que asistían la realeza italiana y extranjera.

–Alessandro. *Caro*.

No fueron tanto las dos palabras, sino la cadencia en la voz femenina que las pronunció. Al volverse con el fin de comprobar si la voz encajaba con la mujer, pensó que *seductora* no alcanzaba a describirla.

«Santo cielo, y más», concedió.

Incluso para el ojo más cínico, la mujer que se acercó a Alessandro era una visión de perfección, desde el cabello negro como el azabache hasta la punta de sus zapatos. Facciones hermosas e inteligentemente acentuadas con un maquillaje diestro, ojos oscuros, casi negros y resplandecientes sumados a una figura por la que se podía morir, enfundada en lo que tenía que ser el original de un diseñador de alta costura. Exhibía el toque exacto de joyas, caras pero no ostentosas.

Decididamente, para dejar boquiabierto.

—Giarda —el saludo de Alessandro mostró afecto auténtico—. Me gustaría presentarte a Liliana.

Ésta se quedó de piedra al ver que él le rodeaba la cintura con el brazo.

«No Lily, o la sobrina de Sophia, sino... Liliana». Se preguntó por qué su nombre de pila sonaba tan sexy saliendo de esos labios.

—Giarda está casada con uno de mis colegas empresariales —explicó él, causando una risa leve en Giarda.

—Alessandro y mi marido compitieron entre ellos por mí —los ojos le brillaron traviesos—. Ganó Massimo.

—Qué... agradable —no supo qué más decir.

—Para mí, sí. No para Alessandro.

—Estoy segura de que se recobró —Lily logró proyectar un toque de humor y la otra mujer inclinó un poco la cabeza.

—Por supuesto —reconoció con una sonrisa cálida—. Seguimos siendo muy buenos amigos —se volvió hacia él—. Me alegra ver que estás con una joven tan encantadora. Debes traer a Lily a cenar. Estaré en contacto para decidir una fecha que nos resulte mutuamente satisfactoria.

—Gracias.

Lily esperó hasta que Giarda no pudo oírlos antes de gritarle.

—Yo no soy *tu* joven encantadora. Me niego a desempeñar el papel de adorno.

La observó con interés.

—¿Crees que te usaría de esa manera?

—Oh, *por favor*.

—¿Estás tan insegura de tu atractivo, Lily? —preguntó con voz queda.

El aire entre ellos se tornó eléctrico y durante unos segundos todo se desvaneció ante Lily al verse atrapada en un torbellino de emociones encontradas.

Reconocía que su relación con James había sido cómoda, agradable. O así lo había imaginado.

Sin embargo, Alessandro despertaba una pasión primitiva en el fondo de su ser que la impulsaba a anhelar lo imposible.

Una parte de ella quería eliminar toda reserva y, simplemente, disfrutar de lo que él le ofrecía durante el tiempo que pudiera durar.

Salvo que eso sería como adentrarse en un camino de autodestrucción.

—Alessandro. Lily.

Se volvieron al unísono para saludar a Sophia.

—Llego un poco tarde —explicó ésta al darle un beso a Lily—. Carlo se encontró con mucho tráfico —retrocedió un poco y la estudió con cariñosa aprobación—. *Cara*, estás deslumbrante.

—Hermosa —añadió Alessandro, tomándole la mano y llevándosela a los labios.

—Creo que todas las entradas están vendidas —reveló Sophia al aceptar una copa de champán de uno de los muchos camareros que circulaban por la sala—. Los invitados tienden a ser generosos cuando los fondos a recaudar están destinados a los niños con enfermedades terminales.

La petición de que los invitados ocuparan sus sitios ya que iba a servirse la cena creó un movimiento generalizado hacia las numerosas mesas. En todo momento Lily sintió el contacto ligero de la mano de Alessandro en su cintura mientras la escoltaba a la de ellos.

Entre los otros asistentes que la compartían, se hallaban Giarda y su marido Massimo, un hombre atractivo cuyas facciones cetrinas exhibían un grado de poder implacable similar al de Alessandro.

Habían luchado por ganarse la atención de Giarda y Alessandro le había asignado a Massimo el rango de *colega*, pero, mientras se sentaban, se preguntó si en los negocios serían amigos o adversarios.

Era evidente que sentían un cierto respeto mutuo. Alessandro estaba sentado entre Sophia y ella, con Massimo y Giarda enfrente. Los otros cinco invitados eran una pareja de mediana edad y sus hijos, un chico y dos chicas.

Después de la cena, se anunció que la recaudación de fondos había sido un éxito sobresaliente, ya que los donativos personales habían llevado el total recaudado más allá de toda expectativa.

De forma gradual, los invitados comenzaron a marcharse, deteniéndose a charlar con amigos, por lo que el avance hacia el recibidor se tornó obligatoriamente lento.

Ya había sido bastante perturbador estar sentada junto a Alessandro durante toda la velada; pero se lo pareció aún más sentir su brazo en la cintura mientras abandonaban el salón.

Un acto que, así intentó convencerse infructuosamente, era una simple cortesía, ya que el contacto irradiaba una manifiesta sensación de idoneidad, y aunque para sus adentros lo negó con vigor, se sentía... *protegida*. Lo cual era una locura.

A los pocos minutos entraría en el coche con Sophia y Carlo la llevaría a su apartamento.

Pero se quedó de piedra cuando el coche se detuvo ante la entrada y su tía les deseó buenas noches antes de subir sola a la parte de atrás y marcharse, dejándola atónita.

–Pediré un taxi –manifestó con determinación, aunque lo único que logró fue que Alessandro la estudiara con atención.

–Eso no será necesario –indicó su deportivo que en ese momento se detenía al lado de la entrada–. Vamos.

Se sentó junto al asiento del conductor con sonrisa forzada debido a los fotógrafos presentes en la gala, y la mantuvo hasta que Alessandro abandonó el lugar y se adentró en el tráfico.

El silencio le pareció la mejor opción y lo mantuvo hasta que él frenó ante la entrada de su edificio.

Con injustificada celeridad se soltó el cinturón de seguridad y alargó la mano hacia el mecanismo de apertura de la puerta, pero él apagó el motor y bajó del coche.

–Gracias por traerme a casa.

Durante unos segundos interminables, se irguió en toda su estatura, como un ángel oscuro, antes de ir a su lado y tomarla de la mano.

–Te acompañaré dentro.

–No es necesario.

La atravesó con la mirada, y con lenta deliberación, le enmarcó el rostro entre las manos y bajó la cabeza para capturarle la boca con sus labios.

Durante un instante, quedó atrapada en la magia sensual de su contacto. Emitió un gemido suave mientras oscilaba entre devolverle el beso o apartarse, consciente de que eso último era lo mejor si quería mantener la cordura emocional.

Salvo que era demasiado placentero.

«Un beso... no es más que un beso».

Pero se convirtió en algo más, casi como si la estuviera reclamando como propia.

Se le hizo arduo resistir la tentación de rodearle el cuello con los brazos y se apoyó en él, mesándole el pelo con los dedos al tiempo que le devolvía el beso, encantada por el modo en que sus lenguas se acariciaron en una danza erótica que la enloqueció.

Quería tocarlo, sentir su piel, explorar ese cuerpo duro. Mordisquearlo y saborearlo hasta hacerlo gemir pidiendo más; perderse más allá de todo pensamiento racional mientras se entregaba a la liberación que aportaría el sexo.

Salvo que sólo sería... sexo. Y no solía entregarse a aventuras de una noche. O al sexo sin compromiso.

Después de sorprender a James, se había jurado no volver a confiar nunca más en un hombre.

«Contrólate. Y para esto antes de que se te escape de las manos».

Alessandro sintió el momento en que Lily comenzó a retraerse y aligeró el contacto, acariciándole el rostro antes de levantar despacio la cabeza y estudiar sus facciones.

Le sonrió con gentileza y la tomó de la mano.

–Te acompañaré hasta tu apartamento y luego me iré.

Lily no habló una palabra al llegar a su planta ni puso objeción cuando le quitó las llaves de la mano inerte y abrió la puerta de su apartamento.

Segundos más tarde, le devolvió la llave y con gentileza la empujó al interior.

–*Buona notte*, Lily.

Al cerrar la puerta y conectar la alarma, fue al dormitorio, se desnudó, se puso el pijama, se metió en la cama y se quedó despierta hasta la madrugada.

Capítulo 6

D *OS SOLOMILLOS* parmigiana, *una ensalada y dos de verduras al vapor»,* leyó Lily y comenzó a preparar el pedido de Hannah.

Era su segundo día en el turno del mediodía y el restaurante estaba prácticamente lleno.

Todo funcionaba con la máxima eficiencia, ya que nada escapaba a los ojos de Giovanni. El ego no existía en su cocina, aunque Cristo, el segundo chef, un hombre que no era verbalmente temperamental, en ocasiones podía alzar las manos al aire y dedicarle la mirada más lóbrega a cualquiera que osara cruzársele en el camino.

A Lily le encantaba la energía necesaria para preparar el menú del día... las salsas delicadas para los diversos platos de pasta, los postres exquisitos que parecían una obra de arte visual.

Luego siguió un *osso buco* que sirvió en un plato, acompañado de espinacas con piñones, todo ello rociado con aceite de oliva junto con una *ciabatta* tostada.

Ya quedaba poco para que los pedidos del almuerzo disminuyeran y comenzaran los de postre, seguidos de café. A media tarde podría echar el mandil al carrito para la lavandería y acabar la tarea del día.

Justo cuando iba a hacerlo, oyó que Giovannni pronunciaba su nombre; se volvió y fue a su lado.

—Cristo ha tenido una urgencia familiar. ¿Podrías hacer su turno de la noche?

No titubeó.

—No hay problema.

Juntos repasaron el menú.

Ajetreado fue un eufemismo a medida que el restaurante comenzaba a llenarse con la clientela de la noche y una velocidad certera resultó imprescindible a medida que los camareros dejaban una orden tras otra para que atendiera el personal de cocina.

La necesidad de trabajar bien en conjunto fue imprescindible, y Lily hizo lo que mejor se le daba: trabajar bajo presión centrándose en lo que se debía hacer.

El ritmo era veloz y fue estupendo llegar a esa fase de la noche en la que la mayoría de los clientes había dejado atrás el plato principal y degustaban el postre y el café mientras conversaban relajados y satisfechos.

La noche casi había terminado cuando Giorgio, el maître, entró en la cocina y fue junto a ella.

—Hay un caballero que desea hablar contigo.

Lo miró sorprendida.

—¿Te ha dicho cómo se llama?

—James. *Signor* James.

¿Su exnovio, examigo... extodo? ¿En Milán y en ese restaurante en particular? Tenía que ser una broma.

Las coincidencias no llegaban tan lejos.

Así como no habría sido difícil que la relacionara con Sophia, su tía jamás divulgaría dónde trabajaba ella en ese momento. Pero, de algún modo, James había sido capaz de averiguarlo, y por algún otro motivo había decidido tomar un avión a Italia con el fin de forzar un enfrentamiento personal.

Maldijo para sus adentros.

Pero podía mantener la calma y le ofreció a Giorgio una mirada irónica.

—El hombre es un exnovio y ya no es amigo mío.

–¿No quieres hablar con él?

–Por favor, si no te importa.

Giorgio inclinó la cabeza y Lily volvió a centrar su atención en satisfacer un pedido, ajena al hecho de que el maître había entrado en el despacho privado y realizado una llamada telefónica antes de regresar ante el atril.

Esperaba que James aceptara el mensaje que le sería transmitido y se marcharía.

Sin embargo, experimentó cierto nerviosismo al desprenderse del delantal y desearle las buenas noches al personal que aún quedaba en la cocina.

Consideró improbable que la esperara.

Pero al salir del restaurante lo vio de pie en la acera, imposibilitándole el deseo de evitarlo.

Con zancadas largas fue hacia ella e intentó tomarle las manos, pero Lily las juntó con celeridad a su espalda.

–James –dijo con rigidez–. ¿Qué haces aquí?

–Convencerte en persona de que cometí el mayor error de mi vida –extendió las manos en un gesto desvalido–. No estaba consiguiendo nada con los correos electrónicos y las llamadas.

¿Qué más podía decirle que no hubiera hecho ya por teléfono y correo?

–Nuestra relación se acabó en el instante en que entré en mi casa y te descubrí en la cama con otra mujer.

–No significó nada –avanzó un paso–. Fui un tonto. Por favor, dame una segunda oportunidad –imploró con desesperación–. Te amo.

Dudó que alguna vez lo hubiera hecho.

–Ya hemos pasado por esto. Por favor, no lo hagamos otra vez.

–Lily.

–Simplemente... vete, James.

–Lily, te lo suplico. Por favor.

De pronto él la acercó y le dio un beso en la boca con una fuerza voraz que la aturdió y la asqueó. Mientras luchaba por soltarse, se reprendió por no haberlo visto llegar cuando debería haberlo hecho.

Con un gruñido ronco, le dio una patada fuerte y aprovechó la sorpresa momentánea para soltarse.

–Si vuelves a acercarte a mí, haré que te arresten por acoso.

–No puedes hablar en serio.

–Muy en serio.

Intentó agarrarla otra vez, pero en esa ocasión Lily se hallaba preparada.

–No lo hagas.

–Te sugiero que sigas el consejo de Lily –recalcó una voz profunda y familiar.

Ella giró y vio a Alessandro apoyado contra su resplandeciente deportivo aparcado junto a la acera.

Se preguntó cuánto tiempo llevaría allí.

Alzó el mentón al observar su rostro inescrutable.

–Puedo manejar esto sola.

–No me cabe ninguna duda –coincidió con suavidad.

James, sin embargo, le lanzó una mirada llena de resentimiento.

–Esto es entre mi novia y yo, en absoluto asunto tuyo.

–Exnovia –corrigió Lily en el acto–. Ya casi desde hace dos meses.

–Intentamos reconciliarnos.

–No hables en plural –espetó ella.

Alessandro centró su atención en James.

–Un no rotundo, ¿no estás de acuerdo?

–Lily no sabe lo que quiere –declaró James con tono desdeñoso.

Pero se le pasó por alto que la tensión se había incrementado.

–No parece que sea a ti.

–¿En serio? –lo miró con dureza–. ¿Y tú quién eres?

–Un amigo.

James miró a Lily e indicó un utilitario alquilado.

–Te seguiré a casa y podremos hablar en privado.

Alessandro observó las facciones de Lily.

–¿Es lo que tú quieres?

–No –contestó sin titubeos y vio que él se volvía hacia James.

–Te sugiero que te marches –dijo con la misma voz suave empleada antes.

–¿O qué harás? –demandó James con sarcasmo.

Alessandro no movió ni un músculo. Pero sólo un necio obviaría la fuerza contenida en su postura.

–Asegurarme de que nunca olvides mi nombre.

James estudió el traje caro, el irrefutable aura de poder, el coche de lujo y luego miró a Lily con furia amargada.

–Me lo debes.

–No te debo nada –replicó. Había vivido en su casa, ella había pagado todas las facturas, el mantenimiento y la comida. Por no mencionar los adelantos para la recepción nupcial, la floristería, las limusinas, la luna de miel... La lista era interminable.

James cerró las manos con fuerza; luego, sin decir palabra, fue hacia su coche, se sentó al volante y se marchó a toda velocidad.

Lily se tomó un momento antes de girar hacia el hombre sin igual que permanecía observándola con velado interés.

–Tú, por supuesto, pasabas por aquí por casualidad.

–Andaba por el vecindario.

La dominó el escepticismo.

–¿Esperas que me lo crea?

–¿Importa?

El escrutinio de él se intensificó al no obtener respuesta y Lily abrió mucho los ojos cuando le alzó el rostro con la mano en el mentón.

Sin pensárselo, se pasó la lengua por el labio inferior.

Alessandro contuvo un juramento al acercarla. Tocaba algo profundo en su interior, la necesidad de tener una mujer especial en su vida. Una familia propia, hijos. *Amor*, del duradero, al que hasta ese momento se había considerado inmune.

Sonrió con ironía cuando ella acomodó la cabeza en la curva de su hombro y reposó allí lo que parecieron unos minutos prolongados.

Posó una mano en la nuca de Lily y despacio la bajó por su espalda.

Encajaba tan bien como si hubiera nacido para estar allí y bajó la cabeza para besarle levemente la sien.

Experimentó una cierta sensación de pesar cuando ella se separó.

Él extrajo una tarjeta de su cartera y se la entregó.

–Es el número de mi teléfono móvil. Si hay algún problema, me llamas. ¿Entendido?

–Gracias –Lily guardó la tarjeta–. Buenas noches, Alessandro.

Le pasó los dedos por la mejilla.

–Conduce con cuidado.

La observó cruzar hasta su coche y aguardó hasta que desapareció de vista para arrancar.

No le costaba nada pasar delante del apartamento

de Lily de camino hacia su piso; se sintió aliviado al no ver ni rastro del coche alquilado del antiguo novio de ella.

Lily pasó una noche agitada a medida que las palabras de súplica y las promesas vacías de James reverberaban en su mente. ¿Cómo había llegado a imaginar que ella podría pensar siquiera en reconsiderar una reconciliación?

Al final debió de quedarse dormida, porque despertó cuando el amanecer entraba débilmente por entre las persianas; se levantó, se vistió, se tomó un café solo, disfrutó de un relajado desayuno y luego llamó a su tía para tranquilizarla, sabiendo que la noticia del incidente ya debía de haber llegado a oídos de Sophia.

No se mencionó la presencia de Alessandro como caballero al rescate y le pareció prioritario cambiar el número de su móvil para solicitar uno que figurara como privado.

Este proceso requirió un formulario personal y la presentación de cierta documentación, pero al final le proporcionaron un número nuevo. Fue un trámite que pudo llevar a cabo antes y después de su turno del mediodía en el restaurante.

Completada su lista de cosas por hacer, fue a casa, ya que así empezaba a pensar en su apartamento nuevo, con el sol bajo en el horizonte, y justo mientras dejaba el bolso en la encimera de la cocina, sonó su teléfono móvil.

Tenía que ser Sophia, ya que su tía era la única persona a la que le había dado el número nuevo.

–Lily, me alegro tanto de encontrarte. Alessandro me ha pedido que lo llames para arreglar una cena con

Giarda y Massimo mañana. Tienes el número de su móvil, ¿verdad?

–Sí.

–*Ciao*, cariño. Ten cuidado.

«¿De quién?» se preguntó para sus adentros. ¿De James o de Alessandro? Rió sin humor. Los dos eran igual de peligrosos. Sólo que de maneras diferentes.

Una vez que sacó todas las compras, extrajo la tarjeta de Alessandro de su bolso y lo llamó.

Contestó a la quinta llamada con voz vigorosa.

–De Marco.

–Lily –repuso ella–. Sophia me transmitió el mensaje de llamarte. ¿Es este un buen momento?

–Si cuentas que acabo de salir de la ducha y que estoy mojado y chorreando –indicó.

Reinó un segundo de silencio.

–Luego te llamo –y cortó, suspirando ante la visión nítida de su cuerpo alto y musculoso sin ropa. Chorreando.

No fue bueno para el ritmo de su corazón.

Pasó una hora y media hasta que volvió a marcar el número. Ese tiempo lo había dedicado a limpiar la casa, a darse una ducha y a ponerse ropa cómoda.

–Lily –reconoció Alessandro con un toque de humor.

–¿Estás en medio de algo? –inquirió ella con sequedad.

–En este momento... no.

–Querías hablar conmigo –le recordó.

–Antes de que prosigamos, dame tu número nuevo.

Lo hizo.

–Mañana por la tarde te recogeré a las siete y media –prosiguió él–. Hemos quedado con Massimo y Giarda a las ocho.

–Puedo reunirme contigo allí.

–Pero no lo harás –aseveró con gravedad–. ¿Cómo ha sido tu día?

–Ajetreado.

–Una respuesta concisa.

–¿Quieres detalles? A Cristo le dio una pataleta cuando su salsa bechamel se cuajó y tuvo que empezarla otra vez. La sartén se inclinó sobre el fogón y la llama le quemó un dedo. Bajo ningún concepto fue su día.

–¿James?

–No lo he visto.

Alessandro esperaba que continuara de esa manera, aunque dudaba de que el exnovio de Lily se rindiera con tanta facilidad.

–Te sugiero que estés alerta.

–Puedo protegerme, Alessandro.

Verbalmente, sin duda. Pero, ¿físicamente? La preocupación de Sophia por la seguridad de su sobrina se había convertido en propia. El instinto le advertía de que tenía motivos para ello, y durante muchos años había vivido de acuerdo al instinto como para soslayarlo en ese momento.

–Mañana a las siete y media, Lily –le recordó con suavidad.

Capítulo 7

TENÍA UN maravilloso vestido de chifón en color jade con un corpiño ceñido y falda de corte sesgado que resaltaba sus curvas finas, que había llevado a Milán y que aún no se había puesto. Era de un afamado modisto australiano.

Un chal a juego como toque final, con el cabello recogido en alto, un mínimo de joyas y tacones vertiginosos... la decisión estuvo tomada.

Mientras se aplicaba un poco de maquillaje, se dijo que no se trataba de una cita, sólo del primer compromiso social sin la presencia de Sophia.

Recogió el bolso y fue al salón a tiempo de oír el telefonillo de abajo.

Alessandro. Pero la cautela la llevó a comprobarlo en el monitor antes de comunicarle que bajaba.

Mientras el ascensor descendía, sintió un nudo de nervios en el estómago y respiró hondo varias veces para calmarse antes de que las puertas se abrieran en el vestíbulo.

Se repitió que únicamente era una cena, y para cuatro, no para dos.

«Así que serénate, sonríe y pásalo bien».

Pero le bastó mirarlo para saber que se hallaba fuera de su elemento.

Las facciones marcadas, los ojos casi negros que veían mucho más de lo que a ella le gustaba, la boca...

el recuerdo de lo que sintió cuando le poseyó la suya fue tan intenso que apenas logró contener un escalofrío.

«Enfréntate a ello».

Y lo hizo, ofreciéndole una sonrisa generosa al ir a su lado.

—Hola.

—*Buona sera*, Liliana.

Otra vez... *Liliana*. ¿Sabía lo que le hacía a sus entrañas que pronunciara su nombre completo?

—¿Nos vamos?

¿Cómo iba a ser posible compartir la cena con un hombre que le sacudía las emociones de esa manera?

No tenía sentido.

—Te interesa rehabilitar edificios antiguos —comentó Lily mientras avanzaban entre el tráfico—. ¿Trabajas en algún proyecto ahora?

—Sí. Pero primero hay que cumplir ciertos requisitos. Conseguir los permisos, la presentación y aprobación de los planos. Las legalidades necesarias a estos proyectos... todo lo cual puede hacer que se convierta en un proceso largo.

—La burocracia en marcha.

—A veces durante varios meses.

—Supongo que la paciencia es la clave.

—¿No me consideras un hombre paciente? —le dedicó una mirada.

Lily reflexionó en ello.

—Quizá —concedió—. Si quisieras algo con suficiente deseo.

El hombre sentado a su lado era capaz de lograr lo que quisiera, sin importar los medios que hicieran falta para alcanzar el objetivo. Ya que debajo de ese exterior sofisticado había una naturaleza despiadada nacida de la necesidad de sobrevivir a cualquier costa.

Percibía que era un amigo leal, pero un adversario peligroso.

Tenía el aspecto de un hombre que sabía todo lo que había que saber sobre las mujeres, lo que querían, lo que *necesitaban*, y la destreza para proporcionarlo... en la cama y fuera de ella.

¿De dónde había salido eso?

Como si necesitara el contacto de otro hombre.

¿Acaso había olvidado que había descartado a *todos* los hombres? Y más a los del calibre de Alessandro, con quienes todo parecía como atravesar un campo de minas emocional.

El ligero contacto de la mano de él en su cintura fue cálido, casi protector, al guiarla hacia la barra donde Giarda y Massimo estaban sentados.

Giarda se puso de pie y besó a Lily en la mejilla.

—Es muy agradable veros a los dos —saludó antes de repetir el acto con Alessandro.

De inmediato Massimo la imitó.

—Tomaremos una copa juntos antes de ir a nuestra mesa —indicó ella.

Los ojos de Massimo brillaron con un humor latente.

—A mi mujer le gusta estar al mando.

—Porque a ti te divierte dejarme —repuso Giarda con dulzura.

La química entre ambos era casi palpable y Lily sintió un momentáneo aguijonazo de envidia. Se los veía tan bien juntos, tan el uno para el otro. Le causó añoranza que semejante pasión se hallara ausente de su vida.

El restaurante parecía ser uno de los favoritos entre la elite social, en cuyo seno los tres debían ocupar un rango elevado, a juzgar por la atención obsequiosa que les dispensaron el maître y los camareros.

La comida fue perfecta y la presentación magnífica. En una escala de uno a diez, Lily le dio la máxima.

Acababan de terminar el plato principal cuando Giarda alzó su copa de vino, bebió un sorbo y luego volvió a dejarla sobre la mesa.

–En un par de semanas, Massimo y yo celebraremos nuestro quinto aniversario –comenzó y le sonrió a su marido–. El sábado vamos a ofrecer una fiesta en la villa que tenemos en el Lago Maggiore y queremos invitaros a ambos a pasar el fin de semana allí para compartir nuestra celebración. El domingo daremos un brunch mientras recorremos los lagos en el barco. Será maravilloso que vengáis –concluyó con auténtica calidez.

–*Grazie*, Giarda –Alessandro le sonrió con afecto–. Aceptamos con placer.

Le molestó que empleara el plural para aceptar, aparte de que para las próximas semanas tenía turno de trabajo tanto el sábado como el domingo.

Por lo general, las noches de los sábados eran las más ajetreadas.

–No creo que me sea posible.

–Lily, prométeme que lo preguntarás –suplicó Giarda de forma persuasiva.

–Mañana hablaré con el chef.

–Podrías ir directamente a lo más alto y hablar con tu jefe ahora.

Realizar una llamada con el móvil mientras cenaban le pareció muy descortés, y estaba a punto de manifestarlo cuando Giarda intervino con suavidad:

–Se encuentra sentado a esta mesa.

Sorprendida, Lily abrió mucho los ojos mientras miraba aturdida a Massimo, quien en silencio indicó a Alessandro.

¿*Alessandro* era el dueño del restaurante en el que trabajaba?

Sólo hicieron falta unos segundos para que todo encajara en su sitio. La elección de Sophia del restaurante donde almorzar, la oportunidad de trabajar allí. Las casualidades eran estupendas, pero en ese caso parecía *demasiada* coincidencia como para no haber estado planificada.

Le dedicó una sonrisa antes de volver a mirar a Giarda.

—En ese caso, reorganizar mis turnos no representará ningún problema.

—Bien. Todo arreglado. Os esperaremos ansiosos a media tarde.

—Gracias —añadió Lily con educación.

De algún modo logró continuar el resto de la velada, aunque le costó, ya que por dentro la sangre le hervía.

La despedida requirió varios minutos mientras intercambiaban comentarios corteses antes de ir en busca de sus respectivos coches.

Lily esperó hasta que Alessandro arrancó y se metió entre el tráfico.

—¿Cómo ocurrió? Sophia podría haber elegido cualquier restaurante para almorzar aquel día.

—¿Y te preocupa que eligiera el mío?

Lo miró con ojos centelleantes.

—Sólo por el hecho de que huele a encerrona.

—¿Y eso te enfada?

—Me desagrada que me engañen. O que se me ofrezca una ventaja injusta.

—Te ganaste tu contratación —le recordó con suavidad—. Eres una chef profesional, eres propietaria de un buen restaurante y da la casualidad de que hablas italiano y francés con fluidez.

–Dime... si hubiera entrado siendo una desconocida que solicitaba un trabajo, ¿lo habría conseguido?

–Probablemente no.

Su mirada era lóbrega cuando él detuvo el coche ante su apartamento.

La irritaba sobremanera que hubiera sido amable debido a la relación que la unía a Sophia. Sin duda lo consideraba un deber y encontraba su compañía aburrida.

–No.

–¿Disculpa? –inquirió ella.

–No –repitió mientras se soltaba el cinturón de seguridad.

–No tienes ni idea de lo que...

–¿Eso piensas? Inténtalo.

Le enmarcó la cara con las manos y bajó la boca hasta dejarla a milímetros de la de ella. Luego se la cubrió con los labios, persuasivos y hábiles, mientras probaba esa dulzura interior, insistiendo hasta que Lily emitió un gemido renuente y deleitado.

Era mucho más que lo que había imaginado a medida que se perdía... tan entregada que volvió a gemir cuando él comenzó a retirarse.

Durante lo que pareció una eternidad, Alessandro sólo la miró y Lily contuvo el aliento mientras le acariciaba el labio inferior con el dedo pulgar.

–Ahora lo entiendes.

¿Lo entendía?

Santo cielo...

–No puedo. Tú... –sus ojos reflejaban incredulidad y aturdimiento por la pasión que acababan de compartir–. Tengo que... –se apartó, apenas consciente de que la había dejado ir mientras se afanaba con el cinturón de seguridad antes de abrir la puerta y bajar del coche.

La llave... ¿dónde diablos estaba la llave?

–Tu bolso.

Se preguntó en qué momento Alessandro había bajado para ir a situarse a su lado.

De algún modo, pudo sacar las llaves y él la siguió al interior, apretó el botón adecuado y la observó pensativo mientras el ascensor los llevaba a la planta de Lily.

–Por favor... vete.

–Cuando haya comprobado que te encuentras a salvo en tu apartamento.

–No –protestó ella–. Estoy bien.

Sin decir palabra, le quitó las llaves de la mano e introdujo la correcta en la cerradura y abrió la puerta antes de devolverle el llavero.

–*Buona notte, cara*. Te llamaré mañana. Echa el cerrojo.

Después de hacerlo, cruzó el salón como un autómata y se quedó de pie en el dormitorio sin ver nada hasta que la realidad intervino.

De forma mecánica, se quitó los zapatos y la ropa antes de entrar en el cuarto de baño.

Las manos le temblaron al soltarse los broches que le sujetaban el pelo. Fue entonces cuando vio su reflejo y cerró los ojos para bloquear temporalmente esa imagen... el rostro pálido, los ojos enormes, una boca inflamada por el apasionado beso.

Se preguntó adónde iría a partir de ahora.

Capítulo 8

LILY MIRÓ el calendario de trabajo, vio cuál era su próximo día libre y llamó a Sophia.

–Tengo un día libre el miércoles –le explicó después de intercambiar una charla trivial–. Me encantaría que vinieras a cenar a mi casa. Y Carlo también, por supuesto –hizo una leve pausa–. Y Alessandro.

Si Sophia notó esa leve vacilación, eligió no hacer ningún comentario.

–Acepto encantada. ¿Llamarás tú a Alessandro?

–Sí –aunque el sólo pensamiento de hacerlo le causaba un nudo en el estómago–. ¿Te parece bien a las siete y media?

–Perfecto. Espero ansiosa el día.

–Será estupendo –respondió Lily con calidez.

Sí con Sophia y Carlo. No tanto en lo referente a la presencia de Alessandro.

«Entonces, ¿por qué te derrites cuando te toca, incluso de la forma más inocente?»

Llamó para acabar cuanto antes. Él contestó al segundo timbre.

–Lily. ¿Qué puedo hacer por ti?

Sintió la tentación de decírselo, aunque no le pareció muy inteligente.

–He invitado a cenar el miércoles a Sophia y a Carlo. ¿Estás libre para unirte a nosotros?

–Será un placer –repuso con cálida sensualidad.

–A las siete y media. En mi casa –expuso con rapidez–. *Ciao* –añadió antes de cortar.

En su lujosa oficina, Alessandro colgó. A lo largo del año, recibía muchas invitaciones, pero ninguna con una renuencia tan cortés.

Lily, o Liliana... como prefería pensar en ella, era encantadora, cálida y deliciosa... cuando bajaba la guardia.

Un cambio bienvenido de las mujeres que practicaban el juego de la seducción con cualquier hombre lo bastante rico como para poder proporcionarles el estilo de vida que buscaban. Terminaban por parecer fotocopias la una de la otra.

Podía nombrar a una docena de ellas que con una llamada dejarían todo para estar a su lado.

Salvo Lily Parisi, la única mujer que deseaba, que besaba como un ángel y encajaba en sus brazos como si estuviera predestinada a ellos.

Con el tiempo lo conseguiría. Cuando lograra ganarse su confianza.

Tiempo y paciencia... dos cosas que tenía.

Aparte de que él siempre ganaba.

Lily empezaba a sentirse cómoda y parte de un equipo valorado. Si Giovanni alguna vez había albergado alguna reserva hacia ella, ya no existía, y a Cristo, incluso cuando se ponía más temperamental, por lo general lograba sacarle una sonrisa.

Del personal del comedor, con quien tenía más empatía era con Hannah, cuyo sentido del humor y expresiones en ocasiones aligeraban la carga de los días ajetreados.

Cuando al fin se acabó el trabajo de la noche, se

quitó el mandil y estaba a punto de marcharse justo cuando Hannah captó su atención.

—Como mañana las dos tenemos el turno del mediodía. ¿Qué te parece si tomamos un café cuando salgamos?

—Me encantaría –su sonrisa recibió otra traviesa.

Aunque se sentía muy cansada, pensó que sería divertido. Hannah era de edad similar a la suya y compartían los mismos intereses.

—Tú eliges el lugar –dijo Lily cuando terminaron su turno al día siguiente–. Llevas en Milán más tiempo que yo.

—Un año y medio –convino Hannah–. Hay una cafetería pequeña a unas pocas calles de aquí donde sirven un café maravilloso.

—Entonces, vamos.

Era pequeña y acogedora; eligieron una mesa, pidieron un café con leche cada una y Hannah habló primero.

—¿Aquí es donde intercambiamos nuestras historias personales y nos compadecemos o alegramos la una por la otra? ¿O nos olvidamos de todo y hablamos de algo trascendente y aburrido?

—¿Y si la historia personal es corriente?

—Imposible. En la cocina se dice que tienes tu propio restaurante, que eres italiana de nacimiento y una profesional a la altura de Giovanni y Cristo.

Lily rió y extendió las manos.

—Bueno, ahí lo tienes. Es tu turno.

—Mmm. Más detalles.

—No hay mucho que contar. Mi tía me invitó a visitarla y yo decidí quedarme una temporada.

—¿Rompiste con un novio?

—Algo así.

–Lo mismo que a mí. La relación se estancó. Pensé que si me iba de Londres, me echaría de menos y me seguiría. No lo hizo.

En cuanto les sirvieron, ambas bebieron un sorbo del café con leche.

–Ahora estoy viéndome con alguien –le confesó Hannah–. Es italiano.

–Eso es estupendo –Lily sonrió.

Hannah puso los ojos en blanco y movió la cabeza.

–Su madre quiere que siente la cabeza con una chica italiana, que siga la tradición y le dé buenos hijos. No con una chica inglesa que tiene ideas diferentes y no habla su idioma.

–¿Y qué dice él?

–Que es su vida y que elegirá a la esposa que él quiera.

–Parece que sabe lo que quiere.

–Sí –confirmó con calidez–. Lo sabe.

–Entonces, ¿cuál es el problema?

–Que las madres italianas tienden a ser muy protectoras con sus hijos. *Famiglia*. Y yo no encajo en ella –repuso con sequedad.

–Es simple. Mantenlo feliz y gánate a su madre con tu destreza culinaria.

–No hay problema en lo primero –aseguró con un exagerado movimiento de cejas–. Sé cocinar. Y he estado tomando lecciones de italiano.

–Entonces, no tienes nada de qué preocuparte –vio que se animaba un poco.

–¿Y qué me dices de ti? ¿Ves a alguien?

Lily rió.

–Que sólo llevo en Milán unas semanas.

–Corren rumores de que tienes contacto con Alessandro de Marco, el dueño del restaurante.

—Es un amigo de mi tía —respondió con tono ecuánime.

—De vez en cuando cena en el restaurante. Material de primera —concedió Hannah con sonrisa perversa—. Apuesto que es fantástico en la cama.

—No puedo saberlo.

La otra movió los ojos con expresión de incredulidad.

—¿Y no quieres averiguarlo?

—No.

—Es una pena.

Se quedaron un rato más, se terminaron los cafés y en la calle se separaron cuando Hannah se dirigió a la estación de tren y Lily hacia su coche.

El miércoles se levantó temprano, limpió el apartamento y mientras desayunaba meditó en el menú que serviría para la cena.

Lingüini con una delicada salsa de setas de primero, seguido de una espléndida especialidad de pollo del menú del Parisi. De postre, una delicada tarta de frutas y un sorbete de mango para limpiar el paladar. Café. Y vino.

Comprobó la despensa, escribió una lista exhaustiva y fue a comprar los ingredientes necesarios.

A última hora de la tarde todo estaba en su sitio, con la mesa puesta, el vino enfriándose y la tarta en la nevera.

Había llegado el momento de desprenderse de los vaqueros, ponerse algo femenino, arreglarse el pelo y añadir un toque de brillo a los labios.

El telefonillo sonó a las siete y media, y al ir a contestar, en el monitor vio a Alessandro, no a Sophia y Carlo, de quienes había esperado que llegaran primero.

Al abrirle, sintió que el corazón se le aceleraba.

Demasiado pronto llamó a la puerta del apartamento

y lo dejó entrar con lo que esperó que fuera una sonrisa de bienvenida; aceptó la botella de vino que él le ofreció y luego los ojos casi se le desorbitaron cuando le enmarcó la cara entre las manos y la besó.

—Estupendo —valoró Alessandro al alzar la cabeza y mirarla con curiosa calidez.

No pensaba preguntarle a qué se refería y por fortuna para ella, apenas pasaron unos minutos antes de que volviera a sonar el telefonillo, anunciando la llegada de Sophia y Carlo.

Sintió que la tensión se mitigaba un poco al asumir su papel de anfitriona y ofrecer vino.

—Deja que yo me ocupe —indicó Alessandro al situarse a su lado. Con destreza descorchó la botella y llenó a medias cuatro copas. Relajado, las repartió antes de alzar la suya en un brindis—. Por Lily. Por una vida nueva y feliz.

Aunque nada tenía sentido cuando se hallaba en presencia de Alessandro, el aire parecía vibrar con una electricidad sensual, tanta que casi resultaba palpable.

—Si me disculpáis.

—¿Necesitas ayuda? —quiso saber Sophia.

—Ninguna, gracias.

Apenas tardó unos minutos en escurrir los lingüini, servirlos en platos y añadir la delicada salsa de setas. La receta principal esperaba en platos calientes, listos para ser trasladados a la mesa.

Realizó una última inspección, depositó el pan de hierbas en una cesta recubierta con una servilleta y pidió a sus invitados que se sentaran a la mesa.

Todos declararon que los lingüini estaban perfectos, que el pollo era pura ambrosía y excelentes la tarta de fruta y el sorbete.

Incluso para su visión crítica, fue una cena satisfactoria, a pesar de sentir más nervios que los que era capaz de recordar.

–*Miei complimenti* –añadió Carlo con voz queda.

–*Grazie* –aceptó con una sonrisa cálida y estuvo a punto de quedarse paralizada cuando Alessandro le acarició la mejilla.

–Extraordinario, Lily.

Durante un instante perdió la capacidad del habla.

–Gracias –logró decir al final–. ¿Os apetece pasar al salón mientras recojo la mesa? Así podremos relajarnos cómodamente.

–Es agradable hacer un poco de sobremesa, ¿no crees? –indicó Sophia con cierta nostalgia–. Me recuerda a mi familia, cuando nos poníamos al día con nuestras respectivas vidas, reíamos un poco y hablábamos mucho.

–Desde luego –acordó con gentileza. Igual que su tía, ella asociaba la comida con la camaradería familiar, ya que habían sido los únicos momentos del día en que habían estado juntos... donde la proximidad había importado, y el amor.

El café se retrasó mientras intercambiaban anécdotas.

–¿Te acuerdas, Lily –comenzó Sophia–, cuando viniste de visita con tus padres? Creo que tenías catorce o quince años.

La joven rió entre dientes.

–No lo menciones, por favor. Llevaba la ortodoncia y el pelo sujeto en una coleta, vivía con los vaqueros puestos y lamentaba el hecho de que jamás sería alta.

–Recuerdo que tu madre se afanaba por convencerte de que te pusieras un vestido.

–Mientras que yo creía que los vaqueros harían que mis piernas parecieran más largas y, por ello, añadirían la ilusión de altura.

—Una adolescente primorosa —Alessandro la miró con ojos intensos.

¿Primorosa? ¿Era lo que él recordaba? Mejor eso que el modo en que mentalmente había babeado por ese joven alto y moreno con un pasado turbio y cuya imagen invadía demasiado a menudo sus sueños.

Giró para mirarlo.

—¿Y qué nos dices de tus años de adolescente, Alessandro?

—Estoy seguro de que has oído como Giuseppe y Sophia me acogieron en su hogar, en sus vidas, y me convirtieron en el hombre que llegaría a ser.

—Sí —musitó—. Lo he oído. Pero sé muy poco de tu vida anterior.

—Es algo que comparto con muy poca gente.

—¿Tan mala fue?

Viviendo al día, sin un hogar al que ir, aprendiendo a pelear suciamente para poder sobrevivir en las calles; yendo un paso por delante de la *polizia*, sin dejar nunca de vigilar su espalda.

—Sí.

Llevaba las cicatrices de los navajazos que había recibido; los tatuajes ya eliminados por láser, con unos pocos que conservaba como recordatorio de la vida que hacía tiempo había dejado atrás.

—Prepararé café —dijo Lily—. Se está haciendo tarde y Carlo y Sophia deben regresar a Como.

Un vez hecho, lo depositó en una bandeja a la que añadió el azucarero antes de llevarla a la mesa.

Se dijo que en cuanto los tres se marcharan, recogería y se metería en la cama.

Pero no resultó tal como ella había pensado.

Alessandro permaneció a su lado mientras Sophia se despedía cálidamente y se marchaba con Carlo.

–Creía que tú también te ibas –dijo cuando lo vio cerrar la puerta y volverse hacia ella.

–Cuando te haya ayudado a recoger –se quitó la chaqueta, se remangó la camisa y fue hacia la cocina.

–No es necesario –pero la protesta cayó en oídos sordos y no le quedó otra opción que seguirlo–. No tienes que hacerlo –era demasiado consciente de su poderosa presencia.

–Yo enjuagaré y tú meterás las cosas en el lavavajillas –dijo él con calma y se puso manos a la obra.

–Da la casualidad de que ésta es mi cocina...

–Y preferirías que no lo fuera –la miró con expresión perceptiva–. Hazme saber cuando hayas descubierto el motivo.

En silencio, aceptó lo inevitable y comenzó a distribuir las cosas que él le pasaba.

Cuando Alessandro terminó y se secó las manos, la miró, haciendo que quedara atrapada en la oscuridad de sus ojos, con la insinuación de algo que no quería explorar a medida que él alzaba la mano y le acariciaba la mejilla.

Luego le enmarcó la cara con los dedos y posó los labios sobre su boca, trazando la línea que la cerraba con la punta de la lengua.

La sintió ponerse rígida, pero no paró, provocándola con suavidad a medida que esperaba su reacción, que ella se afanó en no ofrecerle hasta que el cuerpo la traicionó y sucumbió con un gemido desesperado.

Nunca había experimentado un beso así, y recordó golpearle el hombro en un gesto desvalido cuando lo profundizó antes de soltarla con suavidad y sostenerla con las manos en los hombros, ya que permanecía inmóvil en una mezcla de conmoción, consternación y maravilla por haber dejado que se acercara tanto.

–Creo que deberías irte –logró manifestar con voz trémula mientras él le acariciaba el labio inferior.

–Si es lo que quieres.

Ni siquiera se atrevía a tomar en consideración lo que quería, porque como le prestara atención al ardor del deseo, lo llevaría al dormitorio, le arrancaría la ropa y se entregaría a un sexo lujurioso y desenfrenado.

Salvo que seguir ese camino sólo conduciría al desastre.

–Sí –contestó con determinación.

Despacio, él le acarició los hombros y luego bajó las manos por sus brazos.

–Tú decides.

Su sola presencia era una amenaza para la paz mental que necesitaba. Cruzó los brazos.

–Preferiría no volver a verte.

La miró en silencio durante lo que pareció una eternidad.

–¿Tienes miedo, Lily?

–¿De ti? No –«de mí», pensó. Durante un momento creyó percibir un destello de humor en los ojos de él.

–¿Estás segura?

–Sí –confirmó pasados unos segundos.

–Y prefieres que me marche.

–Por favor.

Se puso la chaqueta mientras ella cruzaba el salón hacia la entrada.

–*Grazie*, Lily. Por una grata velada.

No la tocó y ella echó de menos el contacto de sus labios.

Lo cual era una locura.

–De nada –abrió la puerta y se apartó para dejarlo pasar.

Entonces, se marchó.

Capítulo 9

DESPUÉS DE un mediodía frenético debido a la ausencia de Cristo, lograron sacar adelante el turno como un equipo que funcionaba con una sincronización magnífica.

Tanto Giovanni como ella suspiraron aliviados cuando la presión se acabó.

—Lo conseguimos —declaró ella—. Amy ha estado magnífica.

—Sí —convino él—. Ve a tomarte una hora de descanso.

—Gracias.

Se quitó el mandil y el gorro, luego recogió su bolso y salió del restaurante.

Comería yogur, fruta y una ensalada. Compró el periódico mientras se dirigía a la cafetería donde pidió lo que ya había decidido que comería y se dedicó a hojear el diario.

—Lily. ¿Te importa si me uno a ti?

¿James? ¿Qué hacía ahí?

—No tengo nada que decirte —contuvo el impulso inicial de recoger su comida y marcharse.

Él se sentó en la silla opuesta y trató de tomarle la mano; suspiró cuando ella la retiró de su alcance.

—¿Podemos al menos intentar resolver nuestra separación?

—Está resuelta —lo miró fijamente a la cara—. *Finita*,

terminada, acabada. Sin esperanza alguna de reconciliación.

Él se adelantó ansioso.

—Compartimos una vida estupenda en Sídney. Seguro que puedes aceptar que yo he...

—¿Que has comprendido el error de tu forma de comportarte, James?

—Sí. Lo juro.

—No.

La expresión de él se endureció.

—¿Es tu última palabra?

—Sí. Más allá de toda duda —añadió con énfasis.

Volvió a reclinarse en la silla.

—Entonces, no me dejas elección.

Lo estudió con detenimiento.

—La única elección sensata que podrías tomar sería volver a Australia.

—Vas a pagarlo, y muy caro —juró con manifiesto deseo de venganza—. He preparado una lista exhaustiva que le enviaré a mi abogado para demandarte.

—Que ningún abogado tocará, dado que tú vivías en mi casa y que jamás contribuiste con un céntimo.

—Está la ruptura de una promesa, la pérdida de beneficios futuros, los gastos generados, por sólo mencionar unas pocas cosas. Tengo derecho a la mitad de tus ingresos durante el tiempo que estuvimos juntos, la pérdida de un hogar en el que esperaba residir como tu marido. Por no mencionar una cantidad para compensar mi dolor y angustia, cuyo resultado es mi incapacidad para seguir trabajando.

¿De verdad creía que se saldría con la suya? ¿Cuando ella disponía de pruebas para refutar cada afirmación que alegara?

—Dos millones serán suficientes.

Había perdido la cabeza.

«Tranquila», se dijo. Si mostraba ira, sólo ayudaría a provocarlo aún más.

Con serenidad forzada, recogió su bolso y encaró la mirada truculenta que le dirigía.

–Buenas suerte con eso. Ten por seguro que yo también te demandaré a ti –añadió con acerada determinación.

Si iba a producirse una batalla legal, iba a tener que estar preparada. Un correo electrónico a su abogado perfilando la amenaza de James aclararía el derecho legal según la ley australiana.

El turno de noche fue más turbulento que el del mediodía. Y experimentó una sensación de alivio al terminar y conducir hacia su casa.

Era tarde, había sido un día largo y nunca había anhelado tanto meterse en la cama. Sin embargo, se dio una ducha caliente para relajar los músculos agotados antes de secarse y ponerse un pijama.

Luego sacó el ordenador portátil, entró en su cuenta de correo y redactó una carta para su abogado. Con el cambio de horario, lo recibiría en horas de trabajo en Sídney y obtendría una respuesta en las siguientes veinticuatro horas.

Para su sorpresa, durmió bien y se despertó descansada. Quizá se debía a que era su día libre y al conocimiento de que James, una vez mostradas sus intenciones, se iría de Milán, y su vida regresaría a la normalidad.

Decidió salir sola a explorar la ciudad, ayudada por un mapa en el que había trazado algunas rutas que seguiría. Desayunó deprisa, recogió las llaves y bajó en el ascensor.

Aunque el cielo estaba despejado, hacía frío.

Vagó por la Piazza della Vetra, que enlazaba San Lorenzo con Sant'Eustorgo y recordó a su madre contándole los acontecimientos históricos que unían la zona, las bellas iglesias. Disfrutó de una gran sensación de libertad al carecer de un plan, aparte del de regresar a su apartamento a la puesta de sol.

Al mediodía comió en una pequeña *trattoria* y al finalizar el almuerzo pidió un café con leche. Estaba a punto de irse cuando sonó su móvil.

Vio que el número era el de Alessandro y contestó.

–Hola.

Reclinado en su sillón mientras contemplaba el horizonte urbano, pensó que Lily sonaba feliz.

Le gustaba el sonido de su voz, el ligero deje australiano, a pesar de que hablaba el italiano como una nativa.

–Tengo entradas para esta noche en *La Scala* de Milán –mencionó una hora–. Pasaré a recogerte.

–No he dicho que aceptaría la invitación.

–¿Vas a rechazarla?

¿Ese mítico teatro? Ni en sueños.

–La verdad es que *La Scala* resulta muy atractiva.

–Por lo tanto, tolerarás mi compañía con el fin de disfrutar de la ópera –expuso con un deje de humor y oyó la risa suave de ella.

–Sí. Pero será una dura prueba.

–Que aceptación tan elegante, Liliana.

–¿Qué querías que dijera? –resultaba fácil adoptar un tono jocoso y levemente jadeante–. *Caro mio, grazie*. ¿No veo la hora de quedar?

–Eso está mejor.

–Disfrútalo mientras puedas. *Ciao*.

Pagó la comida y decidió que era hora de ir a vestirse. Gracias a sus expediciones de compras con Sophia, poseía una selección adecuada de vestidos de noche.

Adoraba la ópera y se mordió la lengua por no haberle preguntado cuál iban a representar.

Aunque se dijo que tampoco importaba mucho.

Al llegar a su apartamento, fue directamente a la ducha, se lavó y secó el pelo, se puso un albornoz, comprobó la hora y luego fue a la cocina para cortar algo de fruta fresca para comer.

Alessandro no había mencionado la cena, lo que significaba que después del teatro irían a alguna parte.

La sofisticación funcionaba para cualquier ocasión, por lo que se ocupó del maquillaje con toque ligero, resaltando los ojos y los labios con un brillo rojo. El vestido de un rojo brillante armonizaba con su piel y decidió dejarse el cabello suelto en ondas naturales que le caían justo debajo de los hombros. Un colgante con un diamante en forma de corazón y pendientes a juego, junto con una fina pulsera de diamantes, completaban las joyas que lucía, luego se puso unos zapatos negros de tacón alto, eligió un bolso a juego, recogió las llaves, una cartera fina con algo de dinero por si le hiciera falta y el abrigo negro en el momento en que sonó el telefonillo de la calle.

Vio la cara de Alessandro en el monitor y le dijo:

–Bajo ya.

Vestido con un esmoquin, camisa blanca y pajarita negra, él proyectaba un envidiable aura de poder. El conjunto era pura dinamita.

–*Bella* –alabó sucintamente mientras la aferraba por los hombros y le daba un beso fugaz en la mejilla.

–Gracias –y sintió el habitual nudo en el estómago al recibir el impacto de su sonrisa–. Me halaga haber ganado a los numerosos nombres que tienes en tu pequeño libro negro.

Alessandro le rodeó la cintura con un brazo.

–Alguna vez recuérdame que te diga el porqué.

El tráfico era denso y tardaron tiempo en aparcar y

entrar en la Piazza della Scala para unirse a los asistentes que buscaban lo que muchos considerarían la experiencia de la ópera definitiva.

Fue imposible no experimentar una sensación de asombro ante el conocimiento del tiempo que llevaba allí el teatro, su historia, los compositores famosos cuyas obras habían sido interpretadas y cantadas por sopranos, tenores y barítonos igualmente famosos.

Hermoso, cautivador, exquisito... fueron los adjetivos que le surgieron y que le manifestó a Alessandro en el entreacto.

El tiempo que duró el espectáculo olvidó que al lado lo tenía a él, todo lo que la rodeaba, menos lo que sucedía en el escenario.

—Estás disfrutando de la velada.

—¿Cómo no hacerlo? —respondió con sencillez.

Le tomó la mano y entrelazó los dedos con los suyos.

—*Bene*.

Lily se dijo sólo era un gesto amistoso e intentó negar que le resultaba... agradable. Durante un rato no trató de soltarse, y cuando lo hizo, sintió que él afirmaba el apretón.

Experimentó una sensación de desilusión cuando se encendieron las luces tras el último acto. Después de avanzar despacio hacia las salidas, se encontraron con el aire fresco al llegar a la *piazza*.

—Hay un restaurante acogedor cerca de aquí —Alessandro indicó la dirección—. ¿Tienes hambre?

—Sí. Estoy famélica.

—Entonces, cenaremos —rió.

Había un grado de intimidad en el modo en que le ceñía la cintura con el brazo.

Incluso con los zapatos de tacón alto, sus ojos apenas se hallaban al nivel de la pajarita de él, y como se apoyara contra Alessandro, su cabeza encajaría en la curva de ese hombro poderoso.

En el restaurante el maître los recibió de forma obsequiosa y los condujo hasta una mesa resguardada en un rincón.

—Agua mineral —indicó ella cuando Alessandro sugirió vino, y pidió un *risotto* con champiñones salteados rociado con perejil fresco.

Una cena ligera para una hora tan tardía, aunque Alessandro pidió un plato más sustancioso y descartó el vino.

Había una sensación de... ¿amistad? Tuvo que reconocer que era más que eso. Más que una simple obligación hacia la sobrina de una mujer que tenía en alta estima. Lenta y pausadamente, él invadía su mente, agitando emociones que preferiría que siguieran aletargadas.

Pero había algo elusivo bullendo entre ellos, algo casi inevitable que no sabía adónde conducía.

No quería caer en cuerpo y alma. Luego, ¿qué? ¿Un regreso a la amistad? Verse de vez en cuando en acontecimientos sociales. Y mucho peor sería verlo con otra mujer.

—Piensas demasiado.

—Es típico de las mujeres —lo miró con ojos solemnes.

—¿Preguntas para las que buscas respuestas?

Era demasiado perceptivo y eso la incomodaba.

—Ya conozco las respuestas.

—Estoy seguro de que así lo crees.

Era reacia a explorar esa aparente conclusión.

—Ha sido una velada maravillosa. Gracias por invitarme a compartirla.

Se sintió desilusionada cuando el coche se detuvo ante su edificio.

Alessandro se soltó el cinturón de seguridad, luego el de Liliana y la acercó, impidiéndole hablar con el simple acto de cubrirle la boca con la suya.

Provocó y probó la dulzura interior, animándola a responder hasta que le rodeó el cuello con los brazos y se aferró a él. Pero se quedó quieta cuando le coronó un pecho con la mano.

El suave roce de su dedo pulgar sobre la cumbre sensible la hizo soltar un gemido suave a medida que las sensaciones la atravesaban.

Durante un momento permaneció inmóvil, luego prevaleció la cordura y se afanó por liberarse de él. La sorpresa y el alivio se fundieron cuando Alessandro retrocedió despacio.

Tenía los ojos negros y una expresión imposible de leer.

–He... de irme –recogió su bolso y alargó la mano hacia el picaporte–. Gracias –logró decir al bajar.

–*Dormire bene* –le deseó Alessandro.

Como si pudiera lograrlo después de la magia embriagadora que había proyectado él.

«No ha sido más que un beso», se dijo mientras subía en el ascensor.

«Un beso estupendo», reconoció una vez que se encontró en la seguridad de su apartamento.

«Asombroso», corrigió mientras anhelaba que llegara el sueño.

Se preguntó cómo sería...

«Ni se te ocurra ir por ahí».

«No va a suceder».

Al día siguiente, después de que el cliente de la mesa cinco devolviera un plato de langostinos preparados por el mismo Giovanni, aduciendo que estaban pasados en la cocción, irritada, Lily le preparó otro primero que Hannah le sirvió.

Ésta regresó con el plato y los ojos en blanco.

—Demasiado aliño en la ensalada. Juro que lo hace a propósito.

—De acuerdo, esta vez dale el aliño por separado para que pueda servírselo él mismo.

Cinco minutos más tarde, Hannah regresó con el pulgar alzado en gesto positivo mientras recogía otro pedido.

Pero había sido una celebración precipitada.

El cliente comenzó a devolver todos los segundos aduciendo un exceso aquí u otro allí.

Era evidente que no se trataba de alguien quisquilloso, sino de un cliente que buscaba problemas.

—Si crees que las cosas no podían empeorar... olvídalo. Alessandro de Marco acaba de entrar en el restaurante.

—¿Para cenar?

—Está hablando con Giorgio.

Le dio la impresión de que el resto de la noche iba a ir cuesta abajo.

—Dile al cliente de la mesa cinco que pida otra cosa.

Hannah respiró hondo.

—Yo sugiero la marinara. Si le pone alguna pega a eso, puede que por accidente me asegure de que el contenido termine sobre sus pantalones.

—Por favor —se desahogó Lily—. Déjame ese placer a mí.

Cinco minutos más tarde, la joven regresó.

—Acepta unos *fettuccini marinara*.

—¿Sí? —preparó el plato y sirvió la salsa en un bol—. Llévaselo al quisquilloso con los cumplidos del chef. Y sonríe con amabilidad.

–Si no tengo otra opción.

Al rato Hannah regresó a la cocina con el plato y el bol.

–Te juro... –Lily calló con furia apenas contenida.

–Tranquila, cariño. Quiere ver al chef.

–¿De verdad? –se irguió. Tomó un plato nuevo, añadió pasta, salsa marinara y ladeó la cabeza.

–¿No irás a...? –musitó Hannah con incredulidad.

De camino hacia la puerta de la cocina, Lily miró por encima del hombro.

–Mírame. ¿Has dicho mesa cinco?

«Sonríe», se ordenó. «Sé amable».

Y lo hizo, hasta que vio quién ocupaba la mesa cinco.

James.

La idea de ser amable se evaporó.

–*Buona sera* –saludó con una cortesía tan gélida que le extrañó que las copas no se congelaran–. Tengo entendido que no te satisfacen los platos que has pedido.

Él le dedicó una mirada de desdén.

–Sí. Devolví el primero varias veces y no estoy satisfecho con los *fettuccini*.

–Entiendo. La camarera nos ha transmitido tus quejas –extendió el plato con la pasta perfectamente presentada–. Se te ha preparado una salsa marinara nueva. Con los cumplidos de la dirección –depositó la pasta sobre la mesa un poco cerca del borde, y al retirar la mano, sus dedos ladearon *accidentalmente* el plato, haciendo que el contenido cayera sobre los pantalones de James–. Oh, santo cielo –exclamó con fingido desconsuelo–. Lo siento tanto –extendió una servilleta nueva de la mesa y tomó una cuchara–. Por favor, permite que lo limpie.

–¡Aléjate de mí! –bramó y maldijo en voz baja.

–Mis disculpas más sinceras –ofreció ella.

–¡Maître!

El bueno de Giorgio asimiló la situación de un solo vistazo y de inmediato manifestó su preocupación.

–Un desgraciado accidente, señor. Desde luego, se le compensará por el importe del tinte.

–Ha sido deliberado. ¡Merece ser despedida!

–Te sugiero que te marches –expuso una voz familiar con peligrosa serenidad.

Lily observó palidecer las facciones de James al reconocer a quién tenía delante.

–¡Tú! –espetó con bravuconería–. ¿Qué diablos haces aquí?

Alessandro enarcó una ceja.

–Tienes la opción de marcharte con discreción y por propia voluntad o que te expulsen a la fuerza. Dispones de un minuto para elegir.

–No tienes derecho...

La expresión de Alessandro se endureció.

–Estás molestando a la clientela del restaurante del que soy propietario. ¿Quieres que llame a la policía y que presente cargos contra ti? Veinticinco segundos...

James no se movió.

Inadvertidamente, Lily contuvo el aliento.

Al llegar a *cero*, Alessandro hizo girar a James, le aferró ambas manos y a la fuerza lo sacó del local.

Se había terminado incluso antes de haber empezado, y con una indicación queda de Giorgio, Lily y Hannah regresaron a la cocina.

Cinco minutos más tarde, la puerta de la cocina se abrió y Alessandro se dirigió al lado de Lily.

–Tu turno se ha terminado... a partir de ahora.

Lo miró con cautela.

–No, no ha terminado.

–Yo digo que sí –le soltó las tiras que sujetaban el mandil y luego le quitó el gorro–. Vámonos.

–Tengo una obligación....

–De la que te he liberado.

–¿Me estás despidiendo?

–No.

A menos seguía teniendo trabajo.

–Recogeré mi bolso.

–Iremos en mi coche –afirmó él al salir del restaurante–. No creo que hayas cenado, y yo tampoco.

Lily no prestó especial atención a la dirección que seguían hasta que se detuvo delante de su piso.

–¿Por qué me has traído aquí?

–¿Preferirías un restaurante lleno de gente?

En realidad, no.

–Prepararemos la cena, tomaremos una copa de vino...

–Y luego me llevarás a mi casa.

–Si es lo que quieres.

–Sí –respondió de forma sucinta.

Mientras compartían la cocina, imperó una sensación de camaradería. Lily sacó huevos, queso, tomates, hierbas y preparó dos tortillas francesas sabrosas mientras Alessandro se ocupaba de la ensalada.

Unos platos sencillos que comieron a la mesa de la cocina, acompañados de unos panecillos crujientes y unas copas de vino blanco.

Él se había quitado la chaqueta y la corbata, se había remangado y desabrochado los dos primeros botones de la camisa.

Era otra persona. Alguien relajado y muy distinto del hombre que había expuesto el farol de James seguido de la expulsión a la fuerza del local hacía apenas una hora.

–No veo que tengas algún rasguño o hematoma –comentó ella al encontrar su mirada curiosa.

–Ya no necesito recurrir a los puños para dejar clara una cuestión.

–Estoy segura de que ha habido ocasiones en que no dispusiste de alternativa.

–Es una vieja historia.

–Una que no quieres compartir conmigo.

Él se reclinó en la silla.

–Fueron años que no me inspiran un orgullo especial.

–Sobreviviste –indicó ella con voz baja.

–Por medios cuestionables.

–¿Fuiste responsable de haber matado a alguien?

–No con mis propias manos –había presenciado cómo dos de sus amigos se desangraban hasta morir antes de que una ambulancia llegara demasiado tarde para salvarlos.

–¿Cuántos años tenías?

–Diez y medio –ese *medio* tenía importancia entonces.

–¿Estabas en hogares de acogida?

–El tercero. Hubo otros. Con trece años elegí arreglarme por mi propia cuenta. En las calles, viviendo con una mano delante y otra detrás, durmiendo allí donde podía.

–¿Qué edad tenías cuando Giuseppe y Sophia te acogieron en su hogar?

–Quince, casi dieciséis.

–¿Y los años transcurridos entre los trece y los dieciséis?

–¿Sientes curiosidad, Lily?

–Interés –corrigió sin desviar la mirada.

–La electrónica se me daba bien. Aparatos, ordenadores... podía arreglarlos, y eso comenzó a dar sus frutos.

—Y, de algún modo, captaste la atención de Giuseppe.

—Sí.

Sintió simpatía por el niño que había sido, consciente de que sólo le había mostrado la punta del iceberg.

Ningún niño se merecía algo así.

—Dudo de que quieras mi simpatía —aventuró al final—. Así que no te la ofreceré. A cambio, diré lo mucho que te admiro por darle un giro a tu vida y tener éxito con tantas cosas en contra —necesitaba una distracción para controlar tanta emoción—. Los platos —anunció, poniéndose de pie—. Luego me tienes que llevar a casa.

—Déjalos.

Lilly recogió la mesa y llevó todo a la encimera; allí enjuagó los platos y la cubertería antes de meterlos en el lavavajillas, luego se ocupó de la sartén.

—Ya está —se volvió y vio que él estaba cerca.

—Podrías quedarte.

No, no podía.

—Por favor, no me pidas eso.

Se secó las manos y fue hasta donde había dejado el bolso.

—Llamaré un taxi.

—Ésa no es una opción —dijo él al tiempo que recogía las llaves.

Mientras atravesaban las calles desiertas, no se le ocurrió nada que decir, y en cuanto detuvo el coche ante su edificio, abrió la puerta.

—Gracias.

—Me cercioraré de que llegas a salvo a tu apartamento.

—Estaré bien.

Pero sabía que tenía las emociones demasiado a flor

de piel, hostigadas por las imágenes del niño perdido que había sido y de lo que debía de haber sufrido.

Cruzó el vestíbulo vacío hacia el ascensor, introdujo su llave y rezó para que llegara antes de que las lágrimas la desbordaran.

–No es necesario que subas conmigo.

Él no dijo nada al seguirla al interior del ascensor, apretar el botón de su planta y salir con ella cuando se detuvo.

–Dame tus llaves.

Abrió la puerta.

Lily parpadeó con rapidez cuando una lágrima rodó por su mejilla hasta posarse en la comisura de sus labios.

Cualquier esperanza de que a él le hubiera pasado por alto desapareció cuando cerró la puerta del apartamento y le alzó el rostro.

–¿Lágrimas, Liliana?

–Se me ha metido una pestaña en el ojo.

–Claro –aceptó con gentileza mientras se la quitaba con el dedo pulgar antes de bajar la cabeza y capturarle la boca con la suya.

Una caricia sensual y ligera que la calmó mientras le enmarcaba el rostro con las manos y luego la soltaba con una última caricia en la mejilla.

–Te llamaré.

Capítulo 10

EL JUEVES hizo doble turno y se metió en la cama completamente extenuada.

El viernes el restaurante tenía las reservas completas para toda la noche y el trabajo se incrementó un poco a medida que el personal de cocina se encargaba de dar salida a los pedidos.

Era tarde cuando salió del local y una vez en casa, se desnudó y se dio una prolongada y relajante ducha; se secó y se puso un pijama, recogió el ordenador portátil y se metió en la cama para comprobar los correos del día que le enviaban de Parisi antes de cerrarlo en un esfuerzo por dormir.

Algo difícil, dado que inevitablemente su mente se centraba en la fiesta de Giarda y Massimo y en la creciente preocupación que la embargaba acerca de que Giarda hubiera dado por hecho que Alessandro y ella eran pareja y los alojara en la misma suite.

Sin duda Alessandro corregiría ese malentendido.

Pero, ¿y si no lo hacía?

Tenía la maleta preparada cuando el telefonillo sonó a las tres. Comprobó el monitor, dijo que bajaba y salió al vestíbulo donde la esperaba Alessandro.

El traje impecable y la corbata habían desaparecido. En su lugar llevaba unos chinos informales, un polo azul marino que resaltaba sus hombros musculosos y gafas de sol apoyadas en lo alto de su cabeza.

–Hola –le dedicó una sonrisa brillante al tiempo que le daba la maleta pequeña, y se quedó atónita cuando él se inclinó y le dio un beso en la mejilla.

Le rodeó a cintura con un brazo relajado.

–¿Nos vamos?

Le abrió la puerta del deportivo negro y antes de sentarse al volante guardó la maleta en el interior del maletero.

Lily esperó hasta que enfilaban hacia el norte por la autopista A8 antes de sacar el delicado tema del alojamiento.

Él le dedicó una mirada breve antes de centrarse otra vez en la conducción.

–¿Tienes miedo, Lily?

–De ti... no.

–No presumas de poder juzgarme por las acciones de otros hombres.

Ella cerró los ojos y los volvió a abrir, agradecida por los cristales tintados de sus gafas.

–No era ésa mi intención.

–Me tranquiliza oírlo.

El problema era suyo, ya que ella había respondido al beso con tal fervor como para llevarlo a pensar que estaba dispuesta a permitir que ese intercambio apasionado llegara a mayores.

Sabía que jamás saldría de una relación con Alessandro con las emociones intactas.

«Así que no vayas por ahí».

–Relájate, Lily.

Como si pudiera hacerlo.

Llegaron al hogar de Giarda a través de un camino sinuoso hasta lo alto de una colina que daba al Lago Maggiore. Una hermosa villa de dos plantas erigida en un espacioso terreno de césped cuidado cuya entrada estaba guardada por una puerta de hierro forjado que se abrió automáticamente cuando se acercaron.

La pareja salió a recibirlos en el momento en que Alessandro aparcaba junto a la entrada.

Giarda los saludó con afecto al tiempo que pasaba el brazo por el de Lily mientras los conducía al interior.

—Me alegro tanto de veros.

Un recibidor grande y de suelo de mármol exhibía una escalera curva y doble que llevaba a la primera planta. Arte original decoraba las paredes y el sol penetraba a través de los ventanales.

—Venid... os llevaremos arriba, a vuestra suite.

¿Suite... para una pareja?

—Os he puesto en el ala de invitados. Estoy segura de que os encontraréis muy cómodos —Giarda señaló una puerta al final del pasillo—. Aquí hay bastante intimidad y disponéis de una vista hermosa del lago.

La vista era estimulante y la habitación grande y con un cuarto de baño adjunto.

Una suite... con *dos* camas matrimoniales. Un mobiliario exquisito, cortinas elegantes y un escritorio antiguo y ornamentado.

—Gracias —logró decir—. Es perfecta.

—Sabía que te gustaría. Deshaced las maletas y relajaos un poco. Luego reuníos con nosotros... digamos, ¿en media hora?

La pareja los dejó solos y Lily se volvió hacia Alessandro en el instante en que la puerta se cerró.

—¿Qué cama quieres?

Él esbozó una sonrisa ligera.

—¿No deseas compartirla?

—No —repuso mirándolo a los ojos.

—Es una pena.

Y encima se divertía a su costa.

Alessandro rió entre dientes al apoyar su maleta en la cama más cercana y abrir la cremallera.

—¿Tienes alguna preferencia por el lado izquierdo o derecho del armario? —le preguntó.

Dado que era un armario enorme, movió la mano en un gesto de indiferencia.

—Por favor.

Habría una fiesta que se prolongaría más allá de la medianoche, momento en el que se retirarían a la habitación e inevitablemente caerían rendidos a los pocos minutos.

Al día siguiente habría un brunch tardío a bordo del barco mientras recorrían el lago y antes de que oscureciera regresarían a casa.

Era de una notable sencillez. No había nada de qué preocuparse.

Pero no había contado con que tendrían que cambiarse de ropa a medida que se acercaba la noche.

Le irritó que Alessandro no pareciera darle importancia al hecho de quitarse la ropa informal para ponerse un esmoquin, mientras ella no tenía ninguna intención de quedarse en braguitas y sujetador delante de él.

Recogió el vestido rojo que había comprado con Sophia, la lencería roja a juego y se metió en el cuarto de baño sin dedicarle una sola mirada a él.

Media hora después salía con el cabello y el maquillaje perfectos.

—Estás hermosa.

—Me alegra que lo apruebes —realizó una imitación de genuflexión.

La fiesta se hallaba en su apogeo cuando entraron en lo que debía ser el salón de baile, y a simple vista daba la impresión de que había más de setenta invitados charlando y bebiendo champán mientras se deleitaban con unos canapés que ofrecían los camareros que se movían entre ellos.

Una música suave hacía posible conversar y Lily reconoció a algunos de los invitados, a los que saludó con cortesía y con los que intercambió una charla grata y superficial, decidida a divertirse.

Había un disc-jockey que ponía música para aquéllos que querían bailar.

–Alessandro, querido. Estaba segura de que vendrías esta noche.

Un visión hermosa que Lily dedujo sentía afición al Botox ya que nadie poseía una frente tan increíblemente lisa.

–Chantelle.

El saludo fue lo bastante cálido como para que ella se preguntara cuál era la naturaleza de su relación.

–Y tú eres Lily –reconoció Chantelle–. La nueva pareja que los paparazis necesitaban adjudicarle a Alessandro.

–Amiga –corrigió ella.

–¿Tan tímida, querida?

Como si quisiera corroborar sus palabras, Alessandro tomó la mano de Lily y se la llevó a los labios.

–Lily es muy hermosa, ¿no te parece?

–Exquisita –convino Chantelle–. Espero que sepa apreciarte.

Si él era capaz de interpretar un papel, ella también.

–Alessandro es asombroso. Soy muy afortunada de tenerlo.

Chantelle sonrió y se mezcló entre los asistentes.

Él se inclinó.

–No me has...

–¿Tenido aún? –terminó por él y adrede le dedicó una sonrisa deslumbrante–. Y jamás lo haré.

–¿Tan segura estás?

Lily alzó una mano y la posó en su mejilla.

–Querido, desde luego que estoy segura.

No ayudó que él riera en voz baja y que no se separara de su lado en toda la noche.

A medianoche fluyó el champán, se pronunciaron brindis en honor de los anfitriones y una hora más tarde los invitados habían comenzado a dispersarse.

–Creo que es hora de irse a la cama –indicó él, consiguiendo que Lily frunciera la nariz.

–¿Tenemos que irnos?

–La fiesta prácticamente ha terminado.

Pero se mostraba reacia a estar a solas con él, a pesar de que la suite tuviera dos camas. Y aunque no quería reconocerlo, se hallaba cansada. Hacer dos turnos en el restaurante los últimos días le estaba pasando factura.

Le pareció que lo más sensato era capitular y simplemente sonrió cuando Alessandro la pegó a su costado.

Aguardó hasta que llegaron a la habitación y cerraron la puerta para separarse de Alessandro.

–Ya puedes dejar de fingir.

–¿Crees que estoy fingiendo? –enarcó una ceja.

–¿No?

Lily jadeó cuando la pegó a él. Luego le tomó la boca de un modo que ella no esperaba, y cuando intentó soltarse, simplemente le enmarcó el rostro entre las manos mientras le recorría el borde de los labios con la lengua de un modo persuasivo y tentador... y cuando no respondió, Alessandro abrió la boca sobre la suya y la mordisqueó con delicadeza al tiempo que saboreaba la curva suave de su labio inferior antes de poseer toda su plenitud con el borde de los dientes.

La tentación de devolverle el mordisco suave era demasiado tentadora para rechazarla... y lo hizo. O al menos lo intentó, salvo que la presión leve que ejerció su mandíbula le brindó a Alessandro la entrada que buscaba.

Fue él quien probó y saboreó gentilmente en un beso que la derritió hasta la médula.

Eso era algo más que una posesión.

Era una promesa.

A Lily la mente le dio vueltas. «Santo cielo... ¿una promesa de qué?»

De nada que pudiera querer.

De nada que se atreviera a necesitar.

«Mentirosa».

Si le devolvía el beso... Su mente frenó en seco ante la locura de ceder.

Unas manos espontáneas lo sujetaron por los hombros y empujaron, queriendo liberarse de él. Porque tenía que hacerlo.

Como si Alessandro lo supiera, se retiró un poco, ofreciéndole la libertad que buscaba a la vez que posaba las manos en los hombros de Lily y retiraba la boca de sus labios.

Ella sólo pudo mirarlo con aturdida incredulidad.

Él le pasó un dedo pulgar por la mejilla, desterrando ese leve rastro de humedad y vio que abría mucho los ojos, atónita.

¿Lágrimas?

¿Estaba llorando?

Casi nunca lo hacía.

Ni siquiera cuando la dominó la furia al descubrir la infidelidad de James.

Una excepción había sido la pérdida de sus padres.

Pero Alessandro había llegado hasta sus emociones y las había desnudado.

Tenía que cesar. En ese mismo instante.

Pero cuando iba a hablar, él le selló los labios con un dedo.

—Nada que puedas decir cambiará lo que acabamos de compartir.

Se apartó de él, recogió su pijama y se metió en el cuarto de baño, donde se tomó tiempo con su rutina de aseo con la esperanza de que al salir ya estuviera dormido.

Sí, Alessandro se había acostado, pero estaba despierto con los brazos cruzados detrás de la cabeza, y después de una mirada inicial, ella lo soslayó por completo al ir a la otra cama, meterse entre las sábanas y acomodarse de espaldas a él.

Segundos más arde, oyó el leve *clic* de la lámpara y la habitación quedó sumida en la oscuridad.

—*Buona notte*, Liliana. Duerme bien.

Aunque no lo habría creído posible, la extenuación pudo con ella y al despertar era de día.

Olía a café. Alzó la cabeza y vio la cafetera al lado de una taza sobre la mesilla de noche, junto con una nota que leyó:

Estoy con Giarda y Massimo. Reúnete con nosotros cuando estés lista. El crucero zarpa a las once. A.

Comprobó la hora y de inmediato se incorporó, incapaz de creer que había dormido hasta tan tarde.

Se duchó, se puso una ropa informal y bajó.

El crucero resultó pertenecer a la categoría de lujo y veinte invitados en total compartieron un brunch a bordo mientras Massimo llevaba el timón.

Hacía algo de fresco y una bruma que podía amenazar lluvia, pero a pesar de ello decidió divertirse. Agradeció que Alessandro le señalara los puntos de interés, le nombrara cada pueblo y le explicara parte de la historia de la zona.

Rara vez él se movió de su lado.

Para algunos de los invitados, ése era territorio familiar, pero ella estaba fascinada por todo lo que veía, ya que le proporcionaba una perspectiva diferente de la que había captado desde tierra.

Fue fácil relajarse, gozar... y se dijo que ya no le importaban las conjeturas que pudieran circular acerca de la relación que tenía con Alessandro.

Massimo atracó el barco a media tarde y el resto de invitados que se había quedado el fin de semana, comenzó a marcharse poco a poco.

Había sido una experiencia deliciosa y así se lo transmitió al matrimonio al darles las gracias por su hospitalidad.

El trayecto de regreso a la ciudad no pareció tan largo. Sintió la tentación de apoyar la cabeza en el asiento, cerrar los ojos y disfrutar de la música... y quizá lo hiciera durante un rato.

Acababa de anochecer cuando Alessandro detuvo el coche ante su edificio, y mientras la acompañaba al vestíbulo y subía con ella hasta la tercera planta, le dio las gracias.

Al llegar ante la puerta, la acercó y le plantó un beso en la boca, luego la soltó, le quitó las llaves de la mano, abrió la cerradura, dejó la maleta de Lily dentro y con gentileza le acarició la mejilla.

–Te llamaré –dijo antes de dar media vuelta y regresar al ascensor.

Capítulo 11

DESPUÉS de una mañana que resultó inusualmente tranquila en el restaurante, decidió que por encima del turismo y de las compras, lo que deseaba era ir a un *delicatessen* magnífico del que le habían hablado y que era suficiente para que a un gourmet veterano se le hiciera la boca agua.

Hizo una pequeña selección de productos, incluida una crujiente barra de pan y pagó. Ya estaba solucionada su cena.

Lo siguiente fue ir a la heladería, donde eligió uno de sus favoritos, sabor a mango, del que disfrutó hasta el último bocado.

Casi había oscurecido cuando llegó a su coche, y después de dejar las compras en el asiento del acompañante, se sentó al volante.

La imagen de Alessandro le llenaba la mente. Tuvo que reconocer que cuando no se hallaba presente, resultaba una constante.

No compartían una relación propiamente dicha, pero se había convertido en algo más que amistad. En cuando adónde podía conducir... ¿quién lo sabía?

«¿Adónde quieres tú que vaya?», provocó una voz interior.

En ese momento podía controlar una amistad, unos pocos besos, pero, ¿dar el siguiente paso?

Ése era un juego totalmente diferente.

Aunque la idea de que fuera su amante tenía el poder de derretirle el cerebro. Por no mencionar la excitación de todas sus zonas erógenas.

«No vayas por ahí».

No necesitaba un corazón roto, consecuencia inevitable cuando la relación llegara a su fin.

Con la imagen de una placentera velada a solas en su apartamento, aparcó, recogió las bolsas, cerró el coche con el mando a distancia y caminó hacia el edificio.

Al siguiente instante, un fuerte empujón por detrás hizo que cayera al suelo y durante un instante la conmoción le impidió moverse, pero casi de inmediato se puso de pie.

«¿Quién... *por qué*?», pensó al girar hacia su agresor, y durante un momento de horror, sólo vio a un hombre.

—Hola, Lily.

Su visión se enfocó ante el sonido de esa voz familiar.

¿James?

Sus ojos mostraron incredulidad.

—¿Qué demonios crees que estás haciendo?

—Ésa debería ser la pregunta que formulara yo, ¿no crees?

Avanzó hacia ella y Lily no retrocedió.

Su exnovio miró el edificio.

—Bonito lugar, Lily. El alquiler debe costar bastante —volvió a mirarla a ella—. ¿Lo está pagando tu nuevo amante?

Nada de eso presagiaba algo bueno y se obligó a mantener la calma.

—Yo pago mis cosas.

—¿Con tu cuerpo?

—No tengo por qué escucharte.

—Pero no he terminado.

—James...

Avanzó un paso.

—¿Le suplicas cuando te abraza, Lily? ¿Te gusta cuando se muestra... digamos agresivo? —le dio un puñetazo en el hombro y sonrió cuando ella se estabilizó—. *Zorra*. Lo invitas a tu apartamento. Te vas el fin de semana con él.

¿La había estado vigilando? Sintió un escalofrío ante semejante idea.

Le dio una bofetada y Lily trastabilló completamente aturdida por la incredulidad.

¿Así era James? ¿El hombre aparentemente tranquilo con el que había estado a punto de casarse? Ni una sola vez durante su relación había sido física o verbalmente violento.

Lo que demostraba lo bien que había representado su papel. Y lo poco que lo había conocido ella.

—No me dejarás —le aferró los hombros con fuerza y luego le plantó la boca en la suya.

Desesperada, le lanzó una patada y tuvo la momentánea satisfacción de oírlo gruñir de dolor.

Ese beso era una violación y le mordió la lengua en un afán por liberarse. Por un momento, pensó que lo había logrado, pero él era más alto, más corpulento y poseía la ventaja de la ira.

Al siguiente instante le dio un golpe doloroso con el dorso de la mano en el costado de la cabeza que hizo que cayera al suelo.

El dolor luchó con la incredulidad.

James... *¿James la estaba atacando?*

Algo duro impactó en su caja torácica y como un animal herido gritó pidiendo ayuda.

Tuvo el recuerdo vago de alguien que gritaba, del sonido de pies al correr, luego una ansiosa voz masculina le preguntó:

—¿Te encuentras bien?

Seguida de una voz femenina:

—¿Estás herida? ¿Puedes levantarte?

«Sí. No estoy segura».

¿Había hablado en voz alta? Su cabeza no parecía suya y no tenía ningún pensamiento coherente.

Fue consciente de una voz de fondo y oyó las palabras «policía», «ambulancia»... y comenzó a protestar.

—Necesitas ver a un médico —dijo con gentileza una voz femenina—. ¿Hay alguien a quien podamos llamar por ti?

«No». Probó el movimiento de sus brazos, de sus piernas. Bien. Le dolían la cabeza y las costillas.

—Mi edificio está a unos metros de distancia.

Vio la bolsa con sus compras en un batiburrillo de vidrios rotos y líquido conservante sobre el pavimento.

—Aquí tienes tu bolso —había auténtico pesar en la voz masculina al señalar la bolsa de la compra—. Me temo que de eso no se puede salvar nada.

—Te llevaremos al recibidor y esperaremos contigo hasta que llegue ayuda —le aseguró la voz femenina.

Le dolía casi todo y pudo probar sangre al pasar la lengua por el labio inferior.

Justo lo que le faltaba, cuando al día siguiente debía trabajar los dos turnos.

Quizá después de darse una ducha, recibir primeros auxilios y tomar unos analgésicos, por la mañana se sintiera mejor.

—Gracias.

Le dolía moverse y sintió una gratitud inmensa por el apoyo que le brindaron para llegar despacio a la entrada. Lily introdujo el código de seguridad en el panel, las puertas se abrieron y la ayudaron a sentarse.

Se dijo que en cinco minutos insistiría en que la subieran a su apartamento.

Pero no tuvo la oportunidad, ya que se abrió la puerta de entrada y una figura familiar dominó casi todo el umbral.

Lily cerró los ojos y volvió a abrirlos despacio a medida que Alessandro llegaba a su lado. Podía probar el humor o decantarse por el silencio... le resultó más fácil eso último.

Un músculo se contrajo en la mandíbula de él.

–*Per meraviglia* –las palabras sonaron con una serenidad peligrosa al ponerse en cuclillas a su lado.

–¿Qué haces aquí?

Con delicadeza, le apartó un mechón de pelo de la cara.

–Me llamó el encargado.

–¿Y por qué haría algo así?

–Soy el dueño del edificio.

–¿Por qué no me sorprende?

–Vamos –él se puso de pie.

Esperaba que a su apartamento, pero la cautela la llevó a preguntar:

–¿Adónde?

–A un centro médico privado.

–No necesito...

–Sí que lo necesitas –recogió el bolso de ella y con cuidado la alzó en brazos.

–Puedo caminar –manifestó resentida.

No le prestó ninguna atención, y para su disgusto, repitió la acción al llegar al centro médico.

En la sala de espera la depositó sobre una silla y tomó el control de todo.

Un especialista la examinó, solicitó análisis de sangre, radiografías, un escáner, una inyección... ¿o dos?

Lily perdió la cuenta cuando pasó una hora, luego otra, antes de que la autorizaran a marcharse.

Alessandro no se apartó de ella en ningún momento y pagó todos los gastos médicos, haciendo caso omiso de su protesta sin decir siquiera una sola palabra.

Y lo peor fue que la llevó a su piso, no al de ella.

—¿Por qué me has traído aquí? —demandó con exasperación cuando él apagó el motor del coche.

—Quiero dormir por las noches —declaró Alessandro.

—¿O sea que... esta sugerencia es para que puedas descansar tranquilo?

—Principalmente, es por tu seguridad.

—No.

A pesar de su ferocidad en el mundo de los negocios, era consciente de que en ese caso nadaba en aguas peligrosas.

—No tienes derecho a imponerme nada —afirmó ella haciendo caso omiso de la mirada sombría de Alessandro.

—El cariño que siento por ti me lo da.

—Yo no te he pedido que lo sintieras.

—Qué le vamos a hacer.

Durante lo que pareció una eternidad, únicamente lo miró, buscando en sus facciones sacarle algún sentido a lo que seguía sin decirse.

—Elige, Lily —indicó él con suavidad—. Mi casa o la tuya, pero compartiremos el mismo techo el tiempo que haga falta.

—La mía. Sola.

—*Madre de Dio*. ¿Tienes que ser tan obstinada?

Bajo ningún concepto iba a reconocerle que tenía miedo... y no de él, sino de sí misma.

–Llévame a casa, Alessandro –dijo al fin–. Por favor –añadió. Era tarde, estaba cansada y sólo quería darse una ducha y meterse en la cama.

Casi esperó que se negara, por lo que le resultó una sorpresa absoluta ver que arrancaba y la devolvía a su apartamento.

No fue capaz de reconocer que se sintió enormemente aliviada cuando él la siguió al interior.

En silencio, fue a su dormitorio, cerró la puerta, luego se desnudó y entró el cuarto de baño.

El agua caliente la ayudó a relajarle los músculos tensos. Se quedó más tiempo que el necesario. Luego se secó, se cepilló el cabello y se lo recogió en una trenza suelta antes de ponerse unos pantalones de algodón y una camiseta y salir al dormitorio.

El apartamento estaba silencioso. Y aunque sabía que la puerta de entrada se hallaba cerrada, un sentido de supervivencia la llevó a realizar una última comprobación.

Fue entonces cuando vislumbró la silueta de un hombre grande estirada en un sillón reclinable en el salón.

Alessandro, descalzo y sin chaqueta. Dormido, si se hacía caso de su respiración acompasada.

Suspiró y regresó al dormitorio.

Sorprendentemente, se quedó dormida y despertó con el tentador olor de café recién hecho, tostadas y, si no se equivocaba, beicon friéndose en una sartén.

Entró en la cocina en el instante en que trasladaba el beicon a dos platos, seguido de unos esponjosos huevos revueltos.

–*Buon giorno*.

–No haré la pregunta obvia.

–Siéntate –ordenó con amabilidad–. Come.

–Dictador –fue la única palabra que se le ocurrió.

–*Grazie*.

–No puedes quedarte aquí –dijo con cierta desesperación.

Alessandro optó por una sonrisa algo irónica.

–Ese sillón no es precisamente cómodo.

–Por favor, Alessandro.

–Haz una maleta mientras llamo a Giovanni –se puso de pie y estiró los brazos en un intento por relajar los músculos entumecidos–. Luego te vendrás conmigo.

–No iré a ninguna parte contigo.

–Claro que lo harás –su voz tenía un deje acerado.

Lily bufó y lo miró con expresión ominosa.

–No puedes...

–Con mucha facilidad –le aseguró sonriente–. O bien por tus propios medios o bien de una forma más autoritaria.

–Tengo turno en el restaurante –fue un recurso desesperado que no surtió ningún efecto.

–A partir de ahora mismo tus turnos se cancelan hasta que estés preparada para volver.

Durante largos segundos el aire entre ellos crepitó por la tensión.

Quería negarse. Pero sabía que no podía ganar. Además, sus costillas y la cabeza le dolían demasiado como para plantarle batalla.

–No me gustas.

Alessandro esbozó una leve sonrisa.

–En este momento, no esperaba otra cosa.

No necesitó mucho tiempo para recoger una bolsa de viaje, añadirle ropa y seleccionar todo lo demás que pudiera necesitar antes de regresar al salón y dejar la bolsa a los pies de él.

Alessandro simplemente cerró la mano en torno a las

asas de piel y se pasó la bolsa por el hombro. Se dirigió hacia la puerta, dejándola para que lo siguiera.

Sin decir una palabra, Lily recogió su ordenador portátil y salió del apartamento.

El trayecto hasta el piso de Alessandro transcurrió en silencio y en cuanto estuvieron dentro, se volvió para encararlo.

–¿Ya estás contento? –él la observó con una calma engañosa, bajo la cual se podía percibir el destello de una implacabilidad primaria–. Subiré a deshacer mi maleta.

Eligió la suite de invitados que había ocupado cuando Sophia y ella se quedaron allí después de la fiesta de la semana de Milán.

Fue a investigar en la cocina con el fin de ver qué podía preparar para comer. Tanto la despensa como la nevera se hallaban bien equipadas. Fue a buscar a Alessandro al despacho. Llamó a la puerta dos veces.

No obtuvo respuesta y llamó con más fuerza.

Quizá no estuviera allí.

Entonces la puerta se abrió y él se irguió demasiado alto después de que ella se hubiera cambiado los zapatos de tacón por unos mocasines cómodos.

–¿Vas a estar aquí todo el día?

–¿La idea te molesta? –inquirió impasible.

Le molestaba mucho, pero jamás se lo reconocería.

–En absoluto. ¿Te viene bien almorzar a la una?

–Es perfecto.

–Me gustaría comprobar mis correos electrónicos luego. Después de comer estaría bien, si a ti no te importa.

Al recibir un gesto afirmativo, dio media vuelta y fue a su suite.

Alessandro se quedó de pie, dominado por emociones encontradas. Por un lado quería tomarla en brazos y besarla hasta que le suplicara misericordia... ¿y por el otro?

¿Ir un paso más allá y llevarla a la cama? Eso... no funcionaría. Unas costillas magulladas más una gran conmoción no eran un buen comienzo para iniciar una relación. Todavía.

Mientras tanto, disponía de la distracción del trabajo.

Se decidió por una pasta con salsa de pesto y panecillos sacados del congelador que calentaría y emplearía para preparar *bruschetta*.

A la una en punto puso la mesa y contuvo una descarga súbita de nervios cuando Alessandro apareció sin previo aviso.

Él entrecerró los ojos al ver el rostro pálido de Liliana y las magulladuras que empezaban a manifestarse en el costado de su frente.

Experimentó una furia silenciosa contra su exnovio. Sólo era cuestión de tiempo hasta que descubriera el paradero de James.

Vio que ella más que comer jugueteaba con la comida y que terminaba por apartar el plato.

–¿No tienes hambre?

–Estoy bien –se puso de pie–. Tú termina mientras yo preparo café.

La dejó ir. Cuando acabó, entró en la cocina con su plato y cubiertos, que depositó en la encimera.

–La pasta estaba magnífica –alabó mientras recogía su café–. Yo llevaré esto.

Lily lo aceptó y continuó llenando el lavavajillas.

«Sólo hoy», se dijo, «y luego volveré a mi apartamento».

Se lo comentó mientras ordenaban la cocina esa noche.

—No.

—¿Qué significa eso? —demandó Lily—. Estoy perfectamente.

—James sabe dónde trabajas y vives. Hasta que lo atrapen y presentemos cargos contra él, te quedarás conmigo.

—Tiene que ser una broma. Es ridículo.

—Mañana iremos a mi villa del lago Como a pasar unos días. Es mía —recalcó—. Como sabes, James conoce la dirección de Sophia —con eso, acalló la protesta que ella quería manifestar—. Sophia aún desconoce la agresión que has sufrido. ¿Para qué angustiarla?

La irritó que él tuviera razón.

—No me brindas muchas opciones.

Le apartó un mechón perdido que había escapado del cabello recogido.

—No.

Estaba demasiado cerca y el corazón le palpitaba desbocado.

Quería recuperar su vida, no una montaña rusa emocional que parecía acelerarse con cada día que pasaba.

—Voy a retirarme temprano.

Alessandro la tomó por la nuca, vio que sus ojos se dilataban y le dio un beso en la frente.

—Que duermas bien.

Algo que él no conseguiría, sabiendo que ella ocupaba una suite muy próxima a la suya.

Capítulo 12

LA VILLA de Alessandro resultó ser una mansión de lujo situada en lo alto de una colina junto al lago Como, a la que se llegaba por un camino serpenteante alineado de árboles en los lados.

En el interior hermoso reinaba una sensación de tranquilidad y paz. Una escalera curva llevaba a la planta superior.

Era una mansión, pero también un hogar, decidió Lily cuando Alessandro le asignó la suite de invitados. En una palabra, era increíble. Parecía un santuario, igualmente idóneo para una estancia placentera y apacible como para ofrecer reacepciones y fiestas.

–Mi ama de llaves ha preparado el almuerzo y para cenar hay lasaña en la nevera –depositó la maleta de ella en un taburete ancho junto a la ventana–. Hay una sala de recreo al final del pasillo y una biblioteca de DVDs. Si te apetece, explora cuanto quieres el terreno.

–Gracias.

Había adoptado un papel de anfitrión cortés pero amigable y eso le parecía perfecto a Lily. Al menos proporcionaba cierta distancia y eso era bueno.

Razón por la que no lograba comprender la ligera sensación de decepción que la embargaba.

«Reconócelo», se reprendió mientras sacaba sus cosas de la maleta–. «Te gusta. De hecho, es algo más que una simple atracción. Agita algo profundo en ti que te da miedo explorar».

Sería tan fácil ceder, disfrutar compartiendo su cama, una parte de su vida, durante el tiempo que durara, sin ataduras.

Quizá lo que necesitaba era una aventura.

Pero estaba la certeza de que cuando terminara, tendría el corazón roto, sin otra alternativa que dejar Milán, la compañía de Sophia y establecerse en un lugar lejano donde nunca más pudiera ver a Alessandro.

Después de conectarse a Internet, de comprobar y contestar varios correos, al terminar de almorzar se dedicó a explorar los terrenos.

Los jardines tenían unos setos decorativos perfectamente cuidados, una fuente para los pájaros y, para su completo deleite, un pequeño cachorrito de gato blanco y negro sentado a la débil luz del sol.

–Hola, preciosidad –se acercó con cuidado para no asustarlo–. Me pregunto de quién serás.

El gato dejó de acicalarse y la observó acercarse, ladeando la cabeza cuando Lily se puso de rodillas.

Curioso, se aproximó y se detuvo antes de acercarse a una distancia donde pudiera olfatearla.

Despacio, ella alargó una mano y después de pensarse si debía avanzar más, el gatito dio un salto y estuvo a punto de caer sobre sus patas delanteras.

Fue fácil tomar en una mano a la diminuta bola peluda, y para su sorpresa, el gatito acomodó la cabeza en la palma de su mano y se puso a ronronear.

Lo alzó y lo acarició contra su mejilla, recibiendo a cambio un lametón cauteloso.

Desde su despacho en la villa, Alessandro observaba la escena junto al ventanal. De modo que la nueva camada de cachorritos de la gata del ama de llaves ya salía a explorar, pensó, consciente de la necesidad de encontrarles pronto una casa a cada uno.

Y vio a Frederica, la gata madre, en busca de su vástago perdido. Notó cuando al percibir la presencia de un ser humano se debatió entre seguir o retirarse, ganando al final el instinto maternal.

Después de acariciar otra vez al cachorrito, Lily extendió la palma para que Frederica lo examinara.

Ese gesto dulce lo conmovió de una manera en que rara vez se veía afectado, y vio cómo Frederica tomaba al cachorro por el pellejo del cuello y trotaba de vuelta al lugar donde descansaba el resto de la camada.

Observó a Lily ponerse de pie y seguir la marcha de Frederica hasta que la gata desapareció de la vista.

La cena resultó solitaria, ya que Alessandro se vio ocupado con algo evidentemente importante que requería su presencia en el despacho, por lo que comió sola. Después de dejarle la lasaña, un plato con ensalada y panecillos en la mesa, buscó el salón de recreo.

Eran las diez pasadas cuando la película que había elegido terminó.

Cansada, entró en su habitación, se quitó la ropa, se puso un pijama y después de completar su rutina nocturna de belleza, se metió entre las sabanas de una cama muy cómoda.

El sueño la dominó con rapidez, igual que las imágenes demasiado perturbadoras que la despertaron con un sobresalto. En cuanto se orientó y recordó dónde estaba, la repetición vívida de la agresión de James comenzó a desvanecerse.

Después de dar vueltas infructuosamente en la cama, se levantó y fue hasta la escalera.

Se dijo que un poco de leche caliente la ayudaría. Fue a la cocina y se calentó una taza en el microondas, luego se acercó a uno de los ventanales que daba a los jardines y bebió mientras sus ojos se acostumbraban a la vista.

Fue ahí donde la encontró Alessandro. Con voz queda pronunció su nombre mientras cruzaba la estancia para quedarse detrás de ella.

Lily le dedicó una mirada, vislumbró su torso desnudo, el botón de la cintura de los vaqueros abierto y se preguntó qué había perturbado *su* sueño.

—Estoy tan acostumbrada a trabajar a todo ritmo, que la vida tranquila empieza a afectar mi ciclo de sueño —explicó con ligereza y cruzó los brazos sin ser consciente de que lo hacía.

—¿No has tenido ninguna pesadilla? —al no obtener respuesta, giró un poco y le alzó el mentón—. ¿Liliana?

—Sólo una —admitió. «Y desperté sola y no sabía dónde me encontraba». Alzó la taza—. Leche caliente. Siempre funciona.

—¿Quieres hablar de ello?

Experimentó un inesperado escalofrío.

—No especialmente.

—Entonces, hay que volver a la cama —le quitó la taza, la dejó sobre la mesa y le tomó la mano.

Una noche, sólo una noche con ese hombre sería un bálsamo para su alma herida. Sentirse deseada, aunque fuera por un rato. Quedarse dormida en unos brazos cálidos, sabiendo que al despertar él estaría allí.

Sin embargo, quedaría el inevitable *después*, en el que aunque el sexo fuera fantástico, sería únicamente la aventura de una noche.

De modo que Alessandro la escoltaría a su suite y se marcharía.

Salvo que no se fue y ella no le dijo que lo hiciera. Un momento lo estaba mirando y al siguiente él emitió un sonido ronco al ir a la cama y tumbarse a su lado.

—Duerme, Lily. Y por el amor del cielo, no te muevas demasiado... hay un límite para lo que puede soportar un hombre.

Fue muy agradable. Más que agradable, y como al cachorrito que había cobijado ese día, acomodó la cabeza en la curva de su hombro... y durmió.

Mientras él permanecía despierto, anhelante y completamente excitado.

Al despertar, la luz se filtraba a través de las persianas. Estaba acurrucada de espaldas contra un cuerpo masculino y cálido.

Y lo que era peor, una mano le cubría el pecho.

Se dio cuenta de que se trataba de un hombre muy excitado.

—Estás despierta.

—No, estoy dormida y tú formas parte de una gran pesadilla.

Infructuosamente, trató de liberarse. Y mucho después se preguntó por qué no puso más empeño en ello.

¿Por qué quería lo que no debería tener?

¿La necesidad de prolongar el confort que él le ofrecía?

Pero ofreció una protesta simbólica.

—No creo que sea una buena idea.

Alessandro le apartó el cabello y le mordisqueó el borde del cuello, haciendo que ella temblara.

—No juegas limpio —logró mascullar antes de jadear cuando él trazó la curva del cuello con la punta de la lengua.

Sucumbir a sus atenciones se convirtió en una tentación innegable y emitió un sonido trémulo cuando bajó hasta su pecho, que desnudó con gentileza para introducirse la cumbre en la boca, saboreándola como si fuera la máxima delicadeza.

Con mucho cuidado, le tomó el bajo de la parte superior del pijama y se lo quitó por la cabeza.

Lo miró a los ojos oscuros y fue incapaz de apartar la mirada mientras le coronaba los pechos y pasaba el pulgar por encima de cada cima hasta dejarla absolutamente erecta y tensa.

Emitió un jadeo leve cuando cerró las manos en torno a su cintura antes de buscar el botón que sujetaba la parte elástica del pantalón, soltarlo y bajar el algodón suave por los muslos hasta dejarle los pantalones arrugados en torno a los tobillos.

El instinto entró en acción e hizo que se llevara una mano protectora a los rizos suaves que sombreaban su núcleo femenino, que luego él cubrió con su mano.

–¿Tanta timidez, Liliana?

Inclinó la cabeza y le tomó la boca en un beso suave de exploración que le vació la mente salvo de él... de su contacto, del olor limpio del jabón que había empleado esa mañana al ducharse y que se mezclaba con el olor a hombre.

Apenas fue consciente del brazo que descendía por su espalda, le coronaba el trasero y la pegaba contra él, ofreciéndole plena y dolorosa conciencia de su erección.

La invadió el calor cuando Alessandro buscó el vello suave de la unión de sus muslos y deslizaba un dedo entre los pliegues húmedos antes de hallar el hipersensible clítoris.

La sintió temblar levemente bajo su contacto y contener la respiración cuando con habilidad la llevó a un orgasmo y la abrazaba mientras Lily se desvanecía.

Durante largos minutos reposó contra él, demasiado

atrapada en la reacción de su propio cuerpo como para moverse. Emitió una protesta suave cuando él con suavidad la instó a mirarlo.

–Déjame darte placer.

–Acabas de hacerlo –logró afirmar con voz ronca por la emoción y oyó la risita de Alessandro.

–No lo suficiente –musitó mientras bajaba la boca abriendo un sendero de placer hasta la unión de sus muslos, que separó con suavidad para lamer la dulce humedad que se acumulaba allí antes de sondear los pliegues suaves con la lengua y encontrar el clítoris inflamado y tan sensible a su contacto.

Ella cerró los dedos en el pelo de la cabeza de Alessandro y aguantó mientras la volvía loca, ajena a los sonidos guturales que salían de su boca o al modo en que su cuerpo se sacudía bajo los latigazos del placer.

Cuando él se detuvo para buscar protección, Lily se quejó con un leve grito.

Un único factor consumía cada célula de su cuerpo: la necesidad de que él la poseyera.

Alessandro vio cómo se le abrían los ojos al absorber su tamaño y arquear las caderas en silencioso ánimo. Fue todo lo que necesitó para embestirla por completo y empezar a moverse, despacio al principio, luego con creciente velocidad, llevándola consigo mientras la hacía subir, tanto que Lily tuvo que aferrarse a Alessandro, una parte integral de él cuando la condujo hasta el precipicio y luego la sostuvo en el instante en que se deshacía.

Se encontraba más allá de las palabras, ya que le era imposible describir cómo se sentía o lo que había experimentado en sus brazos.

El Cielo. Simplemente, el Cielo.

Luego, compartieron la ducha y fue allí donde ella

vio las tenues cicatrices blancas en su cuerpo; el tatuaje en su bíceps izquierdo, el pequeño emblema en el extremo de una cadera.

Con gentileza ella trazó con el dedo el rastro de una cicatriz, luego otra al tiempo que se preguntaba qué le habría ocurrido para recibirlas. Tres eran cortes de una navaja. Una marca arrugada desafiaba identificación.

—¿Te resultan repugnantes?

Miró la oscuridad de sus ojos y movió despacio la cabeza.

—No —sintió un nudo en la garganta—. Son parte de lo que eres —sin reflexionar, se inclinó y trazó cada imperfección con los labios—. Quizá algún día me hables de ellas.

Contuvo el aliento al ponerse de pie y sentir cómo con un movimiento fluido él la alzaba y ella le rodeaba la cintura con las piernas y buscaba sus labios en un beso provocador que sólo podía tener un final.

Tardaron bastante en salir para secarse, e incluso más antes de que él le pasara un brazo por debajo de los muslos y la llevara a la cama.

Unos días más tarde, durante la cena, Alessandro le transmitió la noticia de que James había abandonado Italia.

—¿Cómo puedes estar tan seguro? —preguntó ella con dudas.

—Hice que cobrara conciencia de que la amenaza de cargos por acoso, sumada a su agresión física —repuso con expresión peligrosamente primitiva—, haría que lo arrestaran en una cárcel italiana. Por no mencionar tu intención de demandarlo por lesiones bien documentadas y privación de libertad.

–¿Te encaraste con él? –preguntó con incredulidad.

–¿Es que imaginaste que no lo haría?

–Sí... no –respondió confusa–. ¿Eso es todo?

«No», pensó Alessandro, pero por el momento no había necesidad de comunicarle todo.

–¿Hay más? –insistió ella con voz queda.

–Si valora en algo su pellejo, abandonará su intención de presentar una reclamación legal para una compensación por tu parte bajo cualquier forma.

–¿Lo amenazaste?

–Depende de la interpretación que le des a amenazar –un recordatorio de no intentar ponerse en contacto con Lily jamás, bajo ninguna circunstancia.

El silencio se prolongó.

–Comprendo –dijo ella al final.

–¿Qué comprendes?

«Demasiado... y no lo suficiente».

–Quiero darte las gracias. Tu ayuda y apoyo han sido inapreciables.

–¿Apoyo, Lily? –no dejó de mirarla.

Era inútil fingir cuando aún tenía la imagen nítida del recuerdo de lo que habían compartido. En la cama y fuera de ella.

Él no se movió, pero percibió que controlaba una furia que lindaba lo primitivo.

–Has sido muy amable –añadió ella con cautela–. Te debo tanto... –«oh, diablos, dile cómo es». Regalarle algo que ella creía que no existía. La belleza del amor altruista. Hasta pensar en lo que habían compartido le encendía la sangre.

En unas simples semanas había pasado de ser mucho más que una simple amistad.

Se preguntó si era real. O sólo una aventura conveniente que llenaba un vacío en la vida de él.

¿Y cómo averiguarlo?

La confianza debía ganarse y, ¿cómo podía estar segura si no la ponía a prueba?

–Creo que los dos necesitamos un poco de espacio.

Los ojos de Alessandro se ensombrecieron.

–¿Y cuál es tu motivo?

Una vez emprendido ese camino, necesitaba responder.

–No me entrego a relaciones superficiales y frívolas.

–¿Es lo que te parece que es esto?

–¿Acaso no es así?

–No.

–¿No se trata de un simple deseo físico?

–¿Consideras que el deseo físico es un inconveniente?

Cómo iba a creer algo así si con sólo pensar en él su cuerpo cobraba vida... Era una locura que no podía permitirse si buscaba retener una medida de sentido común.

–Tu cuerpo tiembla cada vez que te miro –continuó él con voz queda–. El pulso en la base de tu cuello se acelera. Mi contacto te causa escalofríos y cuando hacemos el amor, me regalas todo. Tu corazón... tu alma.

Era la verdad sin adornos... que ella no podía reconocer.

–Tenemos sexo.

–Hacemos el amor –corrigió él y vio como Liliana alzaba el mentón en gesto desafiante.

–¿Hay alguna diferencia?

–Eso ni siquiera vale como respuesta.

Con un gesto, ella los abarcó a ambos.

–Esto... ha sucedido demasiado deprisa.

–¿Y lo consideras algo malo?

–Conocía a James desde hacía casi un año cuando

nos prometimos. Durante meses compartió mi casa, mi cama —expuso con sinceridad natural—. Creía que me amaba... —lo miró con solemnidad impasible—. Como bien ha demostrado, no lo conocía en absoluto.

—¿Me vas a comparar con él? —demandó Alessandro. Dos hombres... tan diferentes como la tiza del queso.

—No.

—¿Lo amabas?

—Eso pensaba.

—¿Sólo lo *pensabas*, Liliana?

—James quería un atajo hacia lo que él consideraba una vida mágica. Yo era una mujer joven con una apreciable herencia, un negocio de éxito y un hermoso hogar en una urbanización de élite —intentó encogerse de hombros—. Interpretó muy bien su papel.

—¿Es lo que piensas que hago yo? —resistió el impulso de abrazarla y besarla—. ¿Interpretar un papel?

Lily se dijo que no podía ser algo ensayado...

Alessandro le enmarcó el rostro entre las manos.

—Mi única necesidad... eres *tú*. Todo lo que eres. Todo. Tu sonrisa, el modo en que se te iluminan los ojos cuando me miras. El amor que me obsequias con tanta generosidad... —le dio un beso fugaz en los labios—. Me dejas sin aliento.

Lo miró con los ojos muy abiertos... sin miedo.

—¿Qué estás sugiriendo, Alessandro?

—Compartir mi vida, que lleves mi anillo en tu dedo, que seas la madre de los hijos que espero que tengamos.

Se quedó boquiabierta, ya que no se le ocurrió nada que decir.

¿Matrimonio?

Se tragó el nudo que tenía en la garganta.

—No puedes hablar en serio —logró musitar y vio una leve sonrisa en los labios de él.

—Liliana —la reprendió con gentileza.

Había una poderosa sensación de idoneidad en lo que habían compartido. El conocimiento de que no podía ser algo parecido con otra persona... jamás. Que eso era especial, infinito.

—¿Cómo puedes establecer un compromiso semejante después de apenas unas pocas semanas? —preguntó con una mezcla de aturdimiento e incredulidad.

—Fácilmente —afirmó Alessandro.

«Santo cielo», pensó ella. Necesitaba tiempo para asimilar eso. La espontaneidad era perfecta en algunos aspectos de la vida, pero, ¿en el matrimonio?

Aunque una parte de ella quería saltar a sus brazos y decir *sí*. Aceptar todo lo que le ofrecía sin pensar en ello ni cuestionarlo.

Alessandro supo en un plano subliminal que si alargaba los brazos hacia ella, sería suya.

—Dispones de una semana —musitó.

—¿Y luego?

Se tomó su tiempo antes de responder.

—Vendré a buscarte.

Lily palideció y las palabras salieron de su boca sin un pensamiento coherente.

—¿Y si soy yo quien decide ir a buscarte?

La atravesó con sus ojos oscuros e insondables.

—Sabes cómo encontrarme.

Capítulo 13

DURANTE cuatro días y noches trabajó sin descanso, y luego iba a su apartamento, se daba una ducha y caía en la cama... levantándose al día siguiente para repetir el proceso.

No ayudó. Nada ayudó. Seguía dando vueltas en la cama por las noches.

Cada mañana reconocía las crecientes ojeras bajo los ojos, que ocultaba con maquillaje.

Con cada hora que pasaba, cobraba más conciencia de cuánto anhelaba el contacto de Alessandro. Sentir sus manos en el cuerpo, su boca... Santo cielo, empezaba a convertirse en una ruina emocional.

Se dijo que eso no podía seguir así. Tampoco le costó mucho tomar una decisión.

Al llegar a su apartamento, la ducha obró milagros, y por primera vez en varias noches, durmió como un bebé, despertó renovada y pidió un cambio al turno del mediodía para poder acabar a media tarde.

Su plan era sencillo y eligió la ropa con cuidado, y al salir del restaurante condujo hasta el edificio elegante que albergaba las oficinas de Alessandro.

Mientras subía hasta la planta adecuada, se preguntó si estaría en una reunión con algún cliente importante. O lo que era peor, si no se hallaba en la oficina.

Al abrirse las puertas, salió a un recibidor elegante y vio escrito Industrias de Marco en una doble de puerta de cristal justo delante de ella. Respiró hondo y fue hacia la recepción, donde la saludaron con interés cortés.

–El *signor* Alessandro de Marco –preguntó con igual cortesía.

–El *signor* De Marco se encuentra en una conferencia.

–¿Podría informarle a su secretaria que Liliana Parisi desea hablar con él cuando quede libre? –notó un fugaz destello de reconocimiento.

–Por supuesto –la recepcionista se volvió hacia su consola, apretó una tecla, habló en voz baja y luego cortó la comunicación–. Cristina la acompañará al salón privado del *signor* De Marco.

A los pocos minutos, apareció una joven perfectamente arreglada, se presentó y le pidió a Lily que la acompañara por un pasillo espacioso a una habitación con un mobiliario cómodo y elegante.

–Por favor, siéntese. El *signor* De Marco se reunirá pronto con usted. ¿Puedo ofrecerle algún refresco? ¿Café, té... algo frío?

–No, gracias. Estoy bien.

Cristina le ofreció un aparato electrónico compacto.

–Si necesita algo, no dude en contactar conmigo.

Cuando se quedó sola, se puso a hojear una revista y trató de no pensar en los nervios que la embargaban.

Los minutos pasaron con aparente lentitud mientras pasaba una hoja tras hoja sin fijarse en lo escrito ni en las fotos.

Estaba a punto de elegir una tercera revista cuando se abrió una puerta y Alessandro entró en la sala.

Se miraron mientras ella se ponía de pie y avanzaba unos pasos hacia él. Le ofreció una sonrisa trémula cuando él la imitó.

Alessandro no dijo nada. Todo lo que sentía por ella

resultaba evidente. *Amor*, en todas sus muchas facetas, y ternura.

Por ella... sólo por ella.

Él bajó la cabeza y le dio un beso leve al tiempo que le enmarcaba el rostro con las manos.

Durante lo que pareció un siglo, saboreó esa boca, ahondando en la dulce humedad mientras ella salía al encuentro de su lengua.

Luego le rodeó el cuello con los brazos cuando el beso se volvió tan increíblemente apasionado que la hizo perder el sentido del tiempo y del lugar.

Y al final, cuando todo lo demás había dejado de existir, él alzó la cabeza un poco y la miró profundamente a los ojos.

—¿Por qué tardaste tanto?

—Por la insensatez —se pasó la lengua por los labios inflamados por el beso y apoyó la palma de la mano en la mejilla de él—. Por razones por las que logré convencerme de que eran válidas.

—¿Y no lo eran?

Había llegado la hora de la sinceridad, de no ocultar nada.

—Creía que el amor necesitaba tiempo para crecer de una atracción inicial a algo... más. No a golpearte como un rayo y hacer que mi mundo se tambaleara.

Alessandro esbozó una sonrisa fugaz.

—Después de una relación desastrosa con James, no quería nada con los hombres. Pero ahí estabas tú —prosiguió con serenidad—. Una constante en mi vida. Al principio imaginé que era para complacer a Sophia. Y pude apreciar ese gesto. Salvo que tomó un giro inesperado y resultó fácil confundir mis emociones con un sexo bueno —hizo una pausa y estudió sus facciones.

–¿Crees que no comprendía tu incertidumbre? –inquirió con gentileza.

Sí, había sido un estratega extraordinario que la había conocido mejor que ella a sí misma.

–Te amo –palabras sencillas que habían sido difíciles de reconocer y aceptar, pero sentidas y verdaderas.

–*Grazie di Dio* –la voz ronca sonó emocionada antes de apoderarse de su boca en un beso que la dejó sin aliento.

Cuando alzó la cabeza, apenas pudo contener la humedad de sus ojos al mirarlo. Él le pasó el dedo pulgar allí donde una lágrima amenazaba con caer.

–Liliana –la reprendió con delicadeza mientras las lágrimas fluían por sus mejillas–. Tú eres mi vida. Tienes mi amor. Mi corazón.

Ella quiso llorar y reír al mismo tiempo.

–Vayámonos de aquí, ¿eh? –añadió Alessandro.

Lily le ofreció una sonrisa insegura.

–¿Has terminado ya por hoy?

–En la oficina... sí –volvió a darle otro beso suave–. Contigo... no.

Lo que compartía con ese hombre no tenía precio. Era todo lo que alguna vez podría desear.

El destino le había enviado una oportunidad, algo muy especial que había estado a punto de rechazar por no atreverse a creer en lo que sentía su corazón.

El tráfico era denso y caótico y el avance fue lento. Por lo que tardaron un rato hasta que él frenó ante la entrada principal.

Alessandro bajó del coche y cruzó hasta donde ella se erguía, los ojos llenos de pasión.

–Gracias –le dijo Lily con voz sincera y algo ronca.

–¿Por qué, específicamente? –quiso saber él.

–Por todo –fue la respuesta sencilla.

Nada en su vida tenía más sentido que esa mujer que había derribado sus defensas en apariencia impenetrables y se había adueñado de su corazón. Como nadie más habría podido hacerlo.

No supo quién se movió primero, sólo que la abrazó y se apoderó de su boca con un beso voraz y prolongado que se convirtió en algo primitivo y urgente.

Sus cuerpos se fundieron y se perdieron el uno en el otro. Conscientes de la necesidad creciente, del deseo de más... mucho más.

De algún modo ella logró retirarse un poco y contuvo una carcajada al tomarle la cara entre las manos.

—Nos encontramos en la calle —expuso—. Casi teniendo sexo a plena vista.

—¿No es una buena idea?

La provocaba y ella le siguió el juego, pasándose la lengua por el labio superior... hasta que los ojos de él centellearon.

—Se me ocurre una mejor —le bajó la cabeza y le susurró unas palabras al oído.

Alessandro soltó una risa ronca, la alzó en brazos y se dirigió a la entrada principal. Introdujo la clave de seguridad y obtuvo acceso al gran recibidor.

En cuestión de segundos, las puertas del ascensor se abrieron, entró, seleccionó el número de su piso y comenzaron a subir.

Le besó la curva suave del cuello hasta que el habitáculo paró electrónicamente con suavidad, las puertas se abrieron y cruzó el pasillo hasta su piso.

Abrió la puerta, entró y cerró detrás de ellos.

—Ya puedes bajarme.

Lo que hizo fue besarla mientras continuaba hasta el dormitorio principal.

Fue entonces cuando dejó que se deslizara hasta quedar de pie para ocuparse de los botones de su blusa y quitársela.

Luego siguió el sujetador; coronó cada pecho, sopesó la ligera carga y pasó un dedo pulgar por cada cumbre, acariciando, masajeando, hasta que ella se movió impaciente bajo ese contacto y lo liberó de la chaqueta y de la corbata antes de desabotonarle la camisa.

Después se centró en el cinturón, le bajó la cremallera del pantalón y fuera lo que fuere lo que hubiera querido decir se desvaneció con el beso que se adueñó de su corazón.

Lily no supo cómo desapareció el resto de su ropa, sólo fue consciente de que había dejado de hallarse de pie y se encontraba tendida sobre unas sábanas suaves en una maraña de miembros mientras la boca perversa de Alessandro le ofrecía un festín sensual de un erotismo tan intenso que apenas pudo soportarlo.

Experimentó la necesidad desesperada de corresponderle, por lo que lo puso boca arriba, le dedicó una mirada llena de promesas misteriosas y comenzó a besarlo en el hueco del cuello, mordisqueando, succionando, antes de lamer una tetilla dura con besos delicados para luego centrarse en la otra.

Él contuvo el aliento con un sonido casi imperceptible cuando Lily comenzó a descender despacio hasta explorar con exquisito cuidado el ombligo, en anticipación precisa del objetivo de sus atenciones.

El pene suave y sedoso, tenso por el deseo, fue una tentación que rodeó con la punta de la lengua, lo que provocó en él un gemido.

Con besos etéreos recorrió toda la extensión, demorándose un poco para ponerlo nervioso antes de concederle el placer definitivo.

–Santo cielo –el cuerpo poderoso le tembló en su afán por mantener el control.

La experiencia de Lily del poder femenino resultó demasiado breve cuando las manos de Alessandro se cerraron en torno a su cintura y con movimiento fluido la situó debajo de él.

Entonces fue su turno de jadear cuando la penetró y se quedó quieto al tiempo que luchaba para contenerse antes de empezar a moverse, enloqueciéndola hasta que fue el turno de ella de suplicar liberación con una voz que no pudo reconocer como propia.

Era mucho, mucho más de lo que había creído posible. El cuerpo y la mente en perfecta sincronía con él mientras escalaban juntos las cumbres, se detenían ante el precipicio y saltaban con los cuerpos poseídos por una sensación vertiginosa que los recorrió al unísono.

Al rato la respiración de Lily fue acompasándose hasta adquirir cierto vestigio de normalidad.

No quería moverse ni se creía capacitada para hacerlo.

Durante un rato, simplemente se abrazaron en el exquisito corolario de un acto sexual gozoso.

«Amor», pensó Lily mientras reflexionaba somnolienta sobre el camino que su vida había seguido hasta ese lugar, ese hombre... y como, de no ser por el destino, tal vez jamás hubiera llegado a descubrir.

Bastante más tarde, se levantaron, se ducharon y se vistieron con ropa informal.

–Yo prepararé la cena –ofreció Lily.

Alessandro le acarició la mejilla.

–La haremos juntos.

Fue mientras bebían café cuando él alargó el brazo y le cubrió la mano con la suya.

–¿Vas a protestar si sugiero que nos casemos pronto?

–¿Cuándo es pronto?

–El tiempo que requiera solicitar la licencia.

La felicidad de Sophia ante la noticia fue tan abrumadora que casi hizo que Lily llorara mientras se veía arrastrada a las pruebas de vestido, encargar que le enviaran los documentos necesarios desde Australia, un considerable donativo a la iglesia para que el sacerdote local los casara en la intimidad de la villa de Sophia. No habría invitados, sólo una pequeña ceremonia familiar presidida por el sacerdote.

Dos semanas después, Lily daba los últimos retoques a su maquillaje y su cabello y se calzaba los zapatos de tacón alto y color marfil.

El vestido del mismo color tenía un estilo sencillo con líneas elegantes, un escote pronunciado, mangas tres cuarto y le llegaba hasta los tobillos. Un velo tenue caía desde una delicada diadema de capullos de rosa hechos de seda, también de color marfil.

Las joyas eran mínimas, un colgante de diamantes con una fina cadena de platino, pendientes a juego y el hermoso anillo de diamante y platino que le había regalado Alessandro.

Con una sonrisa que le llegaba hasta los ojos, se volvió hacia su tía.

–Mi querida Lily –musitó ésta–. Estás preciosa. Me siento tan feliz por ti.

–Gracias. Por todo –añadió con voz ronca por la emoción antes de abrazarla. Luego le dio un beso en la mejilla–. ¿Nos vamos?

Era Sophia quien bajaría la escalera con ella y la

acompañaría hasta el salón principal, donde esperaban el sacerdote y Carlo, el padrino.

Una ceremonia muy íntima, seguida de una comida de celebración, para luego pasar la noche en la mansión de Alessandro en el lago Como antes de tomar al día siguiente un avión que los llevaría a Venecia.

No albergó ni un atisbo de duda al entrar en el salón del brazo de Sophia.

Vio que Alessandro se volvía hacia ella y durante el resto de sus días recordaría la expresión que mostraba al caminar hacia él.

Amor... en todas sus muchas facetas, con la promesa de una pasión eterna. Para ella. Sólo para ella.

Parpadeó en un esfuerzo por contener las lágrimas y le sonrió con gesto trémulo al llegar a su lado.

Sin decir una palabra, alzó las manos para enmarcarle la cara y besarlo, una unión fugaz de las bocas antes de manifestarle con voz apenas audible y sólo para sus oídos:

—Te amo con todo mi corazón. *Per sempre, amante.*

Por primera vez en la vida, Alessandro perdió el don de las palabras. Le tomó las manos y se las llevó a los labios antes de obsequiarle una sonrisa radiante.

Luego encontraría las palabras... y le demostraría con el cuerpo lo mucho que significaba para él.

Liliana. Su vida, el mismo aire que respiraba.

Su único y verdadero amor.

Per sempre.

Bianca

La pasión que había entre ellos era tan fuerte,
que podría durar toda la vida

El príncipe Alaric de Ru-
vingia era tan salvaje e indó-
mito como el principado
que gobernaba. Las mujeres
se peleaban por calentar su
cama real, pero él siempre
se aseguraba de que ninguna se quedara en ella más
de lo debido. Entonces, llegó la remilgada archivera
Tamsin Connors, con sus
enormes gafas, y descubrió
un sorprendente secreto de
estado…

Tamsin consiguió captar
la atención de Alaric, que se
sintió atraído por su pureza y
enseguida la nombró ¡amante de su Alteza! Tenía que ser
sólo un acuerdo temporal
porque su posición lo obliga-
ba a un matrimonio de con-
veniencia…

El príncipe
indomable

Annie West

Acepte 2 de nuestras mejores novelas de amor GRATIS

¡Y reciba un regalo sorpresa!

Oferta especial de tiempo limitado

Rellene el cupón y envíelo a
Harlequin Reader Service®
3010 Walden Ave.
P.O. Box 1867
Buffalo, N.Y. 14240-1867

¡Sí! Por favor, envíenme 2 novelas de amor de Harlequin (1 Bianca® y 1 Deseo®) gratis, más el regalo sorpresa. Luego remítanme 4 novelas nuevas todos los meses, las cuales recibiré mucho antes de que aparezcan en librerías, y factúrenme al bajo precio de $3,24 cada una, más $0,25 por envío e impuesto de ventas, si corresponde*. Este es el precio total, y es un ahorro de casi el 20% sobre el precio de portada. !Una oferta excelente! Entiendo que el hecho de aceptar estos libros y el regalo no me obliga en forma alguna a la compra de libros adicionales. Y también que puedo devolver cualquier envío y cancelar en cualquier momento. Aún si decido no comprar ningún otro libro de Harlequin, los 2 libros gratis y el regalo sorpresa son míos para siempre.

416 LBN DU7N

Nombre y apellido	(Por favor, letra de molde)

Dirección	Apartamento No.

Ciudad	Estado	Zona postal

Esta oferta se limita a un pedido por hogar y no está disponible para los subscriptores actuales de Deseo® y Bianca®.
*Los términos y precios quedan sujetos a cambios sin aviso previo.
Impuestos de ventas aplican en N.Y.

SPN-03

Deseo™

En sus brazos

YVONNE LINDSAY

Debido a la maldición de su familia, el magnate Reynard del Castillo se vio obligado a comprometerse con una mujer con la que nunca se hubiera casado, Sara Woodville. Sara era hermosa, pero superficial, y no había una verdadera atracción entre ellos. Sin embargo, un día la besó y encontró a una mujer totalmente diferente, una mujer que le despertaba una pasión primitiva, una mujer que… no era Sara. En realidad, la hermana gemela de Sara, Rina, accedió a hacerse pasar por su hermana de forma temporal, pero jamás pensó que llegaría a enamorarse de su apuesto prometido.

Cambio de novias

Bianca™

¿Castigo o seducción?

Hace unos años, la acaudalada Grace Tyler humilló a Seth y estuvo a punto de destrozar a su familia. Ahora, el antiguo peón se ha convertido en multimillonario, y está dispuesto a saldar sus cuentas pendientes. Conseguirá hacerse con el negocio de Grace, con su cuerpo y con su orgullo.

Sólo que este despiadado empresario no se ha dado cuenta de que el deseo lo consume por completo, con la misma fuerza con la que consume a Grace.

Ha vuelto para demostrar la culpabilidad de Grace, pero ahora es Seth el que necesita que lo rediman. Porque Grace tiene menos experiencia de la que él pensaba... ¡y espera un hijo suyo!

Orgullo y placer

Elizabeth Power